あんとほうき星

お勝手のあん

柴田よしき

角川春樹事務所

目次

あんとほうき星

お勝手のあん

一　花よりだんご

年が明け、安政五年。

節分の賑やかさにとめ吉が目を丸くしてはしゃいでいたのも束の間、平蔵さんが川崎宿で料理屋を開く為に紅屋を去り、やすの毎日は大変な忙しさになっていた。

平蔵さんが受け持っていた魚の仕入れがやすの仕事となったので、出入りの魚屋・魚竹が桶を担いで現れると、やすはまるで戦いでも挑むかのように緊張して魚と向き合った。魚の目利きについては政さんからも充分教えこまれているが、それでも、いざ自分で魚を選んで買い付けるとなると、しくじったらどうしよう、悪い魚を仕入れてお客が腹痛でも起こしたらどうしようと、背中に汗をかきながら四苦八苦してしまう。かと言って、魚竹も商売だから紅屋のところにばかり長居もできない。さっさと決めて買わないと、魚竹にも迷惑がかかるのだ。

「目の下一尺、偽りなし。なんなら計ってみましょうか」

魚竹の若衆は、きりっと巻いたねじり鉢巻きを頭からさっとほどいた。

「こいつには目盛が打ってありますんで」

なるほど、手ぬぐいに尺目盛が染め抜かれている。

「あら面白い」

「こうやってね、魚を計って見せるんです」

若衆は笑いながら、桜鯛(さくらだい)の目の横から尾まで手ぬぐいを渡した。

「ほうら、一尺はゆうに超えてます」

「本当だ」

「この大きさの鯛は、この時期どこの料亭でも欲しがるんで、なかなかお届けできません。大きさだけじゃねえ、この目の澄んでること、見てくださいよ。平蔵さんから、後釜のおやすさんもかなりの目利きだと伺ってます。だもんで、おいらも、本気で選んで来たんです。ほらほら、鱗(うろこ)だってぴかぴかだ」

確かにいい鯛だった。皮目をさっと焼いて刺身にひけば、お客が大喜びするだろう。

桜鯛は春のこの時期、見た目も味もいい人気の魚だった。やすはふと、一年前のことを思い出した。日本橋(にほんばし)の魚河岸で、政さんが桜鯛を奮発した。客には塩釜で出して大好評だった。

あれから一年が経(た)つ。あの頃(ころ)は、政さんが紅屋を去るのではと怯(おび)えていた。そして今は、平蔵さんがもういない。

日本橋のお小夜さまのところへも、結局あれ以来行けていない。お小夜さまがお産みになった男の子が病気がちで、流行り病を持ち込まれたら困るからと、清兵衛さまが客人を誰も家に入れないのだと文に書いてあった。

「ね、どうします？　この鯛、おいらはぜひ紅屋さんに引き受けてもらいたいんですがねえ。せっかくの鯛ですからね、なまくら包丁で台無しにされるのはごめんです。兄さんから、品川で一番冴えた包丁を使うのは紅屋の政一さんだと聞いてます。この鯛はその冴えた包丁でさばいてもらってこそだと思うんです」

若衆が、兄さん、と呼んだのは、この年明けまで紅屋に天秤棒を担いで毎日来てくれていた、魚竹の一助さんのことだった。そしてこの若衆は、一助さんの弟子のような存在らしい。名は……あら、名前はなんだったかしら。わたし、この人の名前って聞いたことがあった？　魚竹さん、で万事通ってしまうので、名前を気にしたことがなかった。

だがもう何度も顔を合わせているのに、今更、お名前は？　とは訊けないし。

「そうねえ、でも、お刺身も今年から、わたしがひくことになっているの。ごめんなさい、わたしの包丁はそこまで冴えていないと思うわ」

「本当ですか」

若衆が驚いたので、やすは少し憂鬱(ゆううつ)になった。女がひいた刺身なんて、と、非難がましい目で見られるのが辛(つら)い。

が、若衆はにっこり笑顔になった。

「そいつはすげえや！　遂(つい)におやすさんも、柳刃を握るようになったんですね！」

「……平蔵さんがいないから……」

「いやいや、魚竹の連中も、いや、品川の料理人たちもみんな、おやすさんには注目してるんですよ。本当ですって。やけに鼻の利く娘が紅屋にやって来て、あの政一さんの弟子に収まり、いつの間にやら板前になっちまったなんて、すげえ話です。女の板前は江戸にはいると聞いてますが、こんな若い女衆が板前だなんてねえ、やっぱり世の中、どんどん変わりますねえ」

「わたしのような新米の板前じゃ、こんな立派な桜鯛は扱えないわ」

「そんなことありません。魚の仕入れを任されてるってことは、どんな魚でもさばけるってことじゃないですか」

いや、そうじゃない。自分の力量に合わせて、さばける魚を仕入れろ、ということだ。

が、諦(あきら)めるにはなんとも惜しい鯛だった。これだけの良い鯛を、見事にひいて美しい身を皿に並べられたら、どれほど気持ちがいいだろう。今日の客は六組、十二名。刺身だけでも一人あて三切れは出せる。兜は兜煮にすれば裏表二つ、大皿に盛りつければ大層豪勢だ。四人客と三人客があったから、それぞれに一皿ずつ。他の客には鰈を煮付けて出そう。桶の中には、上等の、手頃な大きさの鰈がちゃんと五匹いた。あらは野菜と煮てあら汁にすれば、とても豪華な賄いになる。

仕入れ値は安くはない。が、月の予算で考えれば仕入れられない値段ではない。

「わかりました。それじゃ、その鯛、もらいます」

「そうですか！　ありがとうございまーす！」

「それと鰈を五枚、一人分ずつ煮付けるのであまり大きくないのがいいわ。でも身が薄すぎるのはだめ」

「へい、それじゃ、こいつとこいつと……」

あなたのお名前は？　と言い出すことができないまま、若衆は機嫌良く帰ってしまった。

ま、名前を知らなくても、魚竹さん、で困ることはない。

桜鯛を仕入れました、と政さんに知らせると、政さんは桶の中の鯛をちらっと見てうなずいた。

「うん、いい鯛だ。よくその大きさのをうちに回してくれたな」

「魚竹さんは信頼できますね」

「品川の魚屋としては大きいほうじゃねえが、正直な商売をする。魚竹くらいの規模じゃ、でかい料亭や料理旅籠（はたご）、宴席ができるような店に卸すには数が揃（そろ）えきれねえだろうから、紅屋のような小さな店に一軒一軒、毎日足を運んで地道な商売をしてるわけだが、魚屋もいろいろいるからな、相手が小さな店だとなると、舌三寸で丸めこもうと、やたらと安くする代わりに鮮度の落ちた魚を押し付けたりするのもいる。魚竹が信頼できなくなったら大変だ。だがな、おやす、信頼ってのは、何にもしなくても未来永劫（えいごう）変わらねえってもんじゃない。お互いに毎日毎日、それを確かめあって繋（つな）げていくもんだ」

信頼は、毎日お互いに確かめあって繋げていくもの。

やすは心に刻んだ。明日、あの若衆が来たら、必ず名前を訊こう。魚竹さん、ではなく、名前のある一人の人として、接していこう。

鯛のあら汁は奉公人たちに大好評だった。鯛の身や骨から出る出汁（だし）は、品が良いのにしっかりとこくがあり、味噌（みそ）とも良く馴染（なじ）んで白飯がすすむ。

「おやす、美味かった」

　やすが片付けをしていると、政さんがそばに来て言った。

「刺身の出来も良かったよ」

「へえ、けど、皮目の焦がし具合がまだよく摑めません。藁束の炎をどのくらい近づけたらいいのか迷いました」

「湯引きにしてもいいんだけどな。湯引きの方が失敗は少ない」

「へえ。……まだお客に出せる腕ではありませんでした。すみません。焦がしを入れた方が皮の旨味が出るかと思って」

「鯛の皮は美味い。皮をつけたままで刺身にできる魚はそう多くないし、松皮造りは板前の腕の見せ所でもあるしな。今夜の出来栄えは客に出せねえってほどじゃなかった。悪くねえよ。まあそこから先は、経験を積むしかない。次に手頃な鯛が手に入ったら、今度は湯引きも試してみたらいい」

「へえ」

「あら汁はさすが鯛、って出汁の具合で、あれは美味すぎる。あんなもんを賄いに出しちまったら、明日が困る」

　政さんは笑った。

「まあそれも、おまえさんならではってことで、どうだい、賄いはちょっとずつおうめに任せてみたら。おうめも商売で一膳飯屋をやってたくらいだから、奉公人の飯のおかずくらいは難なく作るだろう」

やすはうなずいた。

「ところでな、御殿山で花見の宴があるってのは聞いてるかい」

「女中が噂してました。品川の料亭が花見弁当を競うんだとか」

「そうなんだ。芸者を集めて、料亭自慢の花見弁当を並べて、江戸界隈のお大尽を集めて盛大にやることになった。表向きは上様のご病気快癒をお祝いしてってことなんだが」

上さま、将軍家定公はもとよりご病弱との噂だが、昨年はめりけんのはりすさまが江戸城にあがられるなど大変なことが続いて、床に臥せることが多かったらしい。はたしてご病気が快癒なされたのかどうかは定かではないのだが、この春はおからだの調子が良いようだと瓦版には書いてあった。

「ま、ご時勢で巷も不安やらなんやらで暗くなりがちだし、地震や颶風の被害からもようやく立ち直って来たとこでもあるしで、ちょいと派手に花見でもして景気をつけようってことだな。実は料理人の寄り合いで、紅屋からも弁当を出さないかと言われてな。いや、その場では一度断った。料亭やら、宴席を設けられるような大きな旅籠やらと違って、紅屋の台所は規模が小さい。平さんもいなくなって、料理人と呼べるのは俺とおまえさん、まあそれに数えてもおうめまで、たった三人だ。おさきに手伝ってもらうとしたって、とても手が足りねえ。江戸界隈のお大尽が会するとなれば、弁当は三、四十人前は必要になる。もちろん他に十ほども料亭やら旅籠やらが弁当を出すから、一人前は普通の半分ほどの量でいいと言われたが、それだってけっこうな分量になる。漆の三段重を五、六個は詰めねえとならねえだろうな。しかも中身を競うとなれば、どんな献立にしたらいいか考えるだけでも大変だ。それでいて、お代はいただけねえらしい」

政さんが苦笑いした。

「芸者と弁当にお大尽が票を入れて、それぞれ票を一番集めたところには何やら賞品が出るらしいが、まあそんなものよりも、一番になりましたって評判が取れたら商売に箔がつくだろうってえ話でな。わざわざそんなものに出なくても紅屋の客入りは順調で、満室になることだってしょっちゅうなんだから、めんどくせえ、そんなもん出なくて構わねえと思ったんだが」

政さんは、腕組みをしてため息をついた。

「どうもなあ……百足屋さんに推薦されちまったらしい。もともと百足屋が弁当を出す予定だったんだが、花見の日に、本陣にどこぞのお大名家の一行がお入りになることになって、そうなると脇本陣にも大勢の家来やらなんやらが泊まることになるから、とても弁当までは手が回らないってことなんだ」

「それで紅屋が」

「うん。番頭さんとは相談して、その日の夕餉は花見弁当を客にも出せばいいとして、それでも足りない手はなんとか集めてもらうことになった」

「なんだか、めまいがしそうです」

やすもため息をついたが、心の底の方で、少し弾む気持ちがあるのも確かだった。

「それで、花見の宴はいつなんですか」

「二十八日だ。雨なら朝のうちに知らせが来て、中止なら翌日になる」

「二十八日……今日はもう二十二、あと六日しかありません」

「わかってる。二、三日で献立を決め、仕入れの段取りをつけよう。下ごしらえに時間のかかるものから手をつけて行こう。おやす、まずは献立だ」

「へえ。桜の方はどうなんでしょうか」

品川の街道筋にも桜の木は植えられているが、まだほんの数輪、蕾がほころんだ程度だ。けれど咲き始めたら桜はあっという間に満開になってしまう。

「御殿山の桜はもうちらほら咲いているようだから、あと六日したら満開になるだろう。宴の他にも花見の客でいっぱいだな」

御殿山の桜は江戸にも知られていて、この時期は花見客が大勢押し寄せる。やすは御殿山で桜を見たことがない。品川の家々と海まで見渡せる景色の中、空が桜でいっぱいになり、どこもかしこも夢のように美しいと言われている。

そんな華やかな景色の中に、品川中の妓楼から集められた芸者衆が、それぞれにとびきりの着物や簪で飾って踊ったり歌ったりしている様は、まさに極楽のようなのだろう。そしてその場に出される花見弁当もまた、極楽の食事のごとく華麗なものであるべきだ。

贅を尽くしたきらびやかで豪華な料理がぎっしりと詰められた、漆塗りの重箱。その蓋を開けた瞬間、いったいどんな心持ちがするだろう。

でも。

そうした豪華な重箱が、何軒もの料亭や旅籠から出されて並ぶのだ。皆同じように金をかけ、手間をかけた料理ばかり。それらはきっととても美しいに違いないけれど、そんなにたくさん並んでしまったら、美しさに驚きはあるのだろうか。

やすにはうまく想像ができなかった。それこそ鯛やら伊勢海老やら鮑やらと、贅沢な海の幸が料理され、野菜も全て見事な飾り切りにされているに違いない。鴨だのうずらだの肉ももちろん入っている。そうした一つずつの料理は思い浮かべることができる。けれどそれらがどの重箱にも詰め込まれて、いくつもいくつも並んでいるとしたら。

いったい、そこにどんな「差」があるというのだろう。

もちろん、味の差は多少あるかもしれない。使った魚や肉の質や鮮度で、微妙な差も生まれるだろう。料理人の技量によっても当然差は出て来る。けれど、酒に酔い、綺麗どころを愛でるのに忙しい旦那衆が、そうしたわずかな味の違いを気にするだろうか。

重箱の蓋を開けた時、おお、これは、と思わせる何かがなければ、他の料亭の弁当と区別などつけてもらえないだろう。そうなれば、票は名の知られている料亭が集めることになる。味も見た目も大して違わないのなら、有名な店の名前を書いておけばいいだろう、となるのはごく自然なことだった。

いや、勝ち負けはどうでもいいのかもしれない。だがせっかく推挙してくださった百足屋さんの顔が立つ程度には、紅屋の花見弁当もなかなかいいではないか、と言われたい。それにはどうしたらいいのだろう。

「おやすちゃん、ちょっと怖い顔してる」

おうめさんが、菜切包丁で芋の皮を剝きながら、くすっと笑った。

「どうしたの？　仕入れた魚に何かあった？」

「ううん、ごめんなさい。わたし、そんなに怖い顔してました？」

「うふふ、おやすちゃんがそうした顔をしている時は、何か料理のことでうまくいかないことがある時ですよね。魚じゃないとしたら……大根にスでも入っていたとか？」

「違うの。おうめさんが選んでくれた大根は、どれもとてもいい。春の大根なのに冬のものみたいにしっかりしてて。本当にごめんなさい、心配かけて。うまくいかないっていうんじゃないんだけど……なんだか頭がこんがらがっているというか……ねえ、おうめさん、おうめさんが一膳飯屋をやっていた頃、お花見のお弁当をあつらえたことってありました？」

「花見弁当？　ええ、作りましたよ。近所の呉服屋さんがね、ご贔屓さんを集めて飛鳥山で花見をするっていうんで、頼まれて。料理屋に頼むよりずっと安くあがるからねえ、うちの飯屋に頼めば。それでも頼まれたからには、料理屋の弁当に負けてたまるかってんで亭主もあたしも張り切っちゃってね。漆の重箱なんざ持ってやしないんで、亭主の知り合いに何人も掛け合って借り集めてさ。どうせなら他の料理屋では作らないようなもんにしようって、亭主が長崎の卓袱(しっぽく)を作ったんですよ。清国(しんこく)の料理に南蛮料理が混ざったような、長崎の宴会料理です。鴨の皮にうんと照りを出して焼いたのとか、いろんな色のついた饅頭(まんじゅう)とか、なんだか賑やかな料理なんですよ。あの豚の東坡煮(とうばに)も卓袱ですよ。もちろん豚なんざ値が張りすぎて使えないけど、鴨も高いんであひるにしてね、水飴(みずあめ)に紅をといたものを皮に塗って干して……とにかく手間がかかって往生しました。鬱金(うこん)で黄色に染める餅(もち)なんかも、鬱金は高いってんで梔子(くちなし)で色付けしたりして。まあ頑張ったかいあって好評で、謝礼もいくらかいただけて。来年は花見弁当をもっと売り出して儲(もう)けよう、なんて言ってたんだけど……次の桜は見られずに終わっちまいました」

「しっぽく……作ってみたいけれど、あと六日では難しいわね。一度も作ったことがないものを宴に出すのは……」

「簡単にできるのもありますよ。卓袱にもいろいろありますから。でもそうですねえ、おやすちゃんがいつも作っている料理だって、充分美味(おい)しいと思いますけどねえ。花見弁当なら、そういう美味しいものをちょっとずつ詰めればいいんじゃないですか」

　おうめさんの言う通りだと、やすも思った。毎日お客に出している料理は、どれも政さんが考えに考えて完成させ、それを台所のみんなが丁寧に作っているものばかりで、自画自賛と言われても美味しいことは間違いない。見た目にはなんでもない小芋の煮ころがし一つにしても、出汁を丁寧にとり、良い醤油（しょうゆ）と味醂（みりん）を使っている。形良くしまって重い芋を選び、丁寧に芋の皮を剝いて、下茹（したゆ）でして土臭さを抜き、塩で滑（ぬめ）りと残ったあくも取り去って、真っ白な小芋をその良い醤油や選び抜いた味醂で煮ころがす。決して焦がさず、けれどしっかりと色が出るように鍋（なべ）を睨（にら）んで仕上げ、芋の色と相性の良い器も選んで盛り付けている。重箱の中に詰められていたとしても、決して他の料理に劣るような味ではない。無理をして豪勢な料理を作らなくても、丁寧に作った本当に美味しいものを綺麗に詰めれば、それこそが紅屋の花見弁当だと言えるものかもしれないのだ。

　けれど、花見の宴は特別なもの。

　旅人がほっとできる夕餉のおかずが、桜の花と芸者衆の華やかで美しい競演の中に出されたのでは、興ざめしてしまう旦那衆もいるに違いない。

「お花見に行くんですか？」

　やすとおうめさんの話を聞きつけて、米の選（よ）り分けを終えて土間に入って来たとめ

「おっかあが弁当もこしらえてくれました」

吉が嬉しそうな声をあげた。

「おいら、お花見大好きです！　里の村でも花見をしましたよ。おっかあが弁当もこしらえてくれました」

「そうだったわね、お花祭りがあって、そこで三色の花見だんごを食べたのよね。とめちゃんが考えた五色だんご、あれはお花見のおだんごが美味しかったって話から生まれたんだった」

もともと、花見は農村の豊穣祈願の行事だったと番頭さんが教えてくれたことがあった。娯楽の少ない田舎の村にとっては、春の桜を愛でながら村人たちが集うひと時は、特別なものだったのだろう。

「ごめんね、とめちゃん。みんなでお花見に行けたらきっと楽しいけれど、春は旅籠が忙しいから難しいわね。その代わり、御殿山で開かれる花見の宴に紅屋からお弁当を届けることになったから、お重を運ぶのを手伝ってもらうかもしれないわね。運ぶだけですぐに戻るんで、のんびり花見は出来ないけれど、御殿山の桜はとても綺麗なんですって。道々眺めることはできると思うわ」

とめ吉は少しがっかりした顔になったが、すぐに笑顔に戻った。

「紅屋の花見弁当、どんな弁当なんですか？　楽しみだなあ」

「とめちゃん、あんたが食べる弁当じゃないんだよ、そんなに嬉しそうな顔しなさんな」

　おうめさんが笑った。

「まあでもさ、味見くらいはさせてあげるよ」

　番頭さんに相談すると、御殿山の花見を描いた浮世絵を一枚、貸してもらえた。奥に海、手前に御殿山、桜の木はさほど多く描かれてはいないが、芸者衆なのか飯盛女中たちなのか、あだっぽい様子の美しい女たちが踊ったり、きせるをくわえて煙草をのんだりしている絵で、敷かれた茣蓙の上には重箱が並べられている。やすは寝床に入ってから、その絵を行灯のあかりでじっくり見てみた。

　この重箱の中身はなんだろう。

　刺身と思われるものがある。鯛だろうか。それともさより？

　黄色いものは玉子焼きだろうか。ただの玉子焼きでは能がない。中に何か入れるとしたらなんだろう。

　煮た鮑のようなもの。赤くて大きくて曲がっているのは、海老かしら。

　色とりどりの菓子が入った箱もある。だんごに餅、ひねってあるのは何だろう。

今年から、とめ吉は男衆の部屋で寝るようになった。とめ吉の愛らしい寝息の代わりに、おうめさんの少々威勢の良すぎるいびきが聞こえて来る。おうめさんも寝つきはとてもいいようで、やすが行灯の火を消す頃にはすっかり夢の中だった。

とめ吉が別の部屋に移って、部屋を広く使えるようになったはずなのに、とめ吉がいない寂しさは言いようのないものだった。ほんの一年、けれどその間、一緒に風呂に入り、寝床を並べ、本当の弟のように面倒をみて来た。そのとめ吉が、今は男衆の一人になってしまった。

それは当たり前のことであり、とめ吉にとっても良いことなのだ。大人の男には、女にはわからない悩みや考えがあるに違いない。これからはそうしたことを、相部屋の男衆に相談することができる。男同士、色々なことを教えてもらってとめ吉は一人前になっていく。

わかっていてもそれが寂しく思えるのは、やすの心のどこかに、とめ吉にいつまでも可愛(かわい)い弟でいてほしい、という思いがあるからだ。それはわがままな願いだとやすにもわかっているけれど。

ただ、とめ吉は勘平のように、不意にいなくなってしまったりはしないだろう。少しずつ大人の男になって、やすとは距離ができていくのだろうけれど、その分、頼りになる仕事仲間に変わっていくのだ。そう考えて、やすは、とめ吉の寝息がもう聞こえない、おそらく二度と聞くことはないということを忘れようと思った。

眠りに落ちていく瀬戸際に、やすは浅い夢を見た気がした。

大人になったとめ吉が、板前として包丁を握っていた。ただそれだけの、一瞬の夢だった。その夢の中で自分が何をしていたのか、とめ吉にとってどんな存在だったのか、やすにはわからなかった。それなのに、どうしてかとても幸せだ、と感じていた。

「花よりだんご、って言うからね、おだんごは欠かせないよね」

おさきさんが言うと、とめ吉が何度もうなずいた。

花見の日まで、おさきさんがお勝手に戻ってくれた。政さんも以前のように包丁を握っている。やすは他の仕事を皆に振り分けてもらって、もっぱら花見弁当の献立作りに専念していた。

「甘いものは別のお重にして、あの五色だんごや桜餅なんかを詰めればいいいんじゃない？」

おしげさんも、仕事の合間にやって来て一緒に考えてくれている。

やすはあがり畳の隅に、番頭さんから借りた文机(ふづくえ)を置き、捨て紙に献立を書いては考えて、考えては墨で消し、を繰り返していた。とめ吉が気を利かせて、自分の仕事の合間に墨をすってくれている。

「花見弁当ってのは、とにかく見た目が綺麗じゃないとね、桜や芸者の着物に負けちまうようなものじゃ寂しいじゃないか。作り慣れた料理を中心にしたいってやすの考えは悪くないけど、芋の煮ころがしだの魚の照り焼きだの、そればっかりだとみんな茶色だよ。せっかく重箱に入れるんだから、蓋を開けた時にみんながびっくりするような、綺麗な料理がいいと思うねえ」

「へえ。黄色と緑はどうにかできそうですが」

「黄色は玉子焼きかい」

「へえ、他にも魚のすり身と合わせて蒸した伊達巻(だてまき)、黄身しぐれをまぶした刺身などあります。緑は青菜の漬物で酢飯を巻いた小さなお寿司(すし)とか」

「赤い色もほしいねえ」

「紅で染めれば赤い料理は簡単です。でもそれが美味しいかと言うと……海老は茹でれば赤くなるので、海老を使いましょうか」

「桜の花に見立てた、淡い紅色もあると素敵だよ。あとは、品川の海の色があるといいんだけどねぇ、さすがに青い食べ物なんざないだろうし、第一、食べるものが青いとまずそうだよね」

おしげさんの言葉は、やすにある閃き(ひらめ)を与えてくれた。

やすは品川の海の絵をささっと描いてみた。

海は、青。

その時やすは思い出した。なべ先生と初めて会った日に、先生が筆と墨だけで描いた品川の海と空と雲。

そこに色はないはずだった。なのに、確かにその絵を見て、そこには青い海原と白い雲、輝く波がある、とやすは思ったのだ。

本当に見た目が空のように青いものなど、食べて美味しいようには見えないだろう。けれど、青の中にも様々な青がある。翠(すい)、碧(へき)、蒼(そう)、それらも青の仲間だ。緑色だって青に混ざれる。海には緑色の部分もちゃんとある。

緑色の食べ物ならたくさんあるし、緑色は美味しそうに見える色だ。

やすの頭の中に、一気に「絵」が広がり始めた。

「あら、献立作るのやめたの？」

やすの手元を覗(のぞ)きこんだおさきさんが訊いた。

「それ、あのよもぎの山から見た品川だね？　おやすちゃん、あんた、絵もなかなか上達したねえ」

確かに描いていたのは景色だった。が、やすにとってそれは、献立だったのだ。

献立ができあがった。やすは、政さんに自分の考えた献立を説明した。政さんは黙って聞いてから、ひとつうなずいた。

「おやすの考えはわかった。だがどんなにいい考えでも、料理として食ってうまくないと始まらねえよ」

「へえ。どれも最高の味に仕上げます」

「それとあくまで花見弁当だ、片手で気軽に食べられるようにするのも大事だぜ。箸(はし)でさっとつまめて、一口で食える。芸者衆がお酌はするだろうし、料理だって皿に取り分けてはくれるだろうが、莫蓙一枚で車座になってる以上は、片手に盃(さかずき)を持ったらそれをおいそれと下に置けない。もう片方の手でひょいと食える気軽さがねえと、料理が宴の邪魔になる」

「へえ。そこもいくつか考えがあります」

「よし。ならこれで行こう。次は仕入れだ。試しに作ってみる分だけ、すぐに仕入れよう」

やすは別の紙に、仕入れる魚や野菜を書きつけていった。それぞれに政さんと相談し、意見を出し合った。

ひとつずつ、やすが思い描いた料理が形になっていく。楽しかった。わくわくした。えげれすの七味（なないろ）を料理に使ったり、豚を煮込んだり、そうした「新しい味」への挑戦は楽しいけれど、今回は未知の味へ挑むのではなく、今自分が持てる力、これまで鍛錬して来た技を駆使して作る料理なのだ。毎日毎日、繰り返し行って来たことの積み重ねが、どれだけ皆を満足させられるのか。質実な紅屋の料理が、贅沢に慣れているお大尽さまたちの目も舌も感動させられるのかどうか。これまでにない、大きな勝負だ、とやすは思った。

翌日には試しに作る分の仕入れが済んで、夕餉の片付けが終わったあとから、やすと政さんとは台所に残って花見弁当を作り始めた。おうめさんもとめ吉も、手伝うと言ってきかなかったが、試作の段階は二人で充分手が足りる。本番の日まで、風邪をひいたりしないよう、たっぷり寝ておくれ、と政さんに言われて、二人は渋々部屋に戻った。政さんはおしげさんに布団を借りて、あがり畳に寝泊まりすることになった。

丑三つ時まで二人は台所で働き、ひとつずつの料理を丁寧に作っては出来を確認した。

「もうちょっと、酢が多くてもいいな。花見の宴ではみんな酒を過ごすから、その分舌は鈍感になる。味の強い弱いがはっきりしている方がいい」

「これでもまだ大きいでしょうか。一口で食べられる大きさとなると、もう少し……」

「魚の皮目にも切れ込みを入れてみようか。その方がそれらしくなるんじゃねえかな」

「桜の花の色はもう少し薄いですよね」

「ああ、こいつはちょいと厚みがあり過ぎるな。そぐように切ってみたらどうだい」

どの料理にも無限に工夫のしどころがありそうだった。二人ともに満足することなど一度もなく、何度も何度も同じ料理を作り直す。それでもやすがうっかりあくびをすると、政さんが、ぱんと手を叩いて言った。

「よし、今夜はここまでだ。無理をして本番に寝込んだりしたら元も子もないからな」

そんな日が数日続き、ようやく花見弁当は、それぞれの料理についてはほぼ完成した。だが最後の大仕事は、それをたくさん作ることと、作ったものを重箱に詰めること、だった。

いよいよ本番の二日前、やすはとめ吉を連れて、百足屋まで向かっていた。

今回の紅屋の花見弁当には、大きな重箱が三段で六組必要だった。紅屋の蔵にも重箱はあったが、正月のおせちを盛って客に出す用の小ぶりなものばかり。奥で客人をもてなすのに使われる大きなものは、二組しかなかった。若旦那さまが百足屋まで行って相談し、百足屋の正月に宴席で使う、特別に大きな重箱が借りられることになった。

とめ吉は百足屋に行くのが初めてで、少し緊張した顔つきだった。

「脇本陣様というのは、大名行列の時にご家来衆がお泊りになるところなんですよね」

「そうよ。よく知っているのね」

「へえ、中川村にも一度だけ、お大名の行列が通ったことがありました。おいらたち子供は、粗相があったらえらいことになるからと、外に出てはいかんと言われたんで、行列を見そこねちゃいました」

「お大名の行列が通ったら、みんな地面に頭をつけていなければいけないのよ。外に出ていても、行列を見物はできませんよ」

やすは笑った。品川は東海道の宿場なので、大名行列が通ることが多い。

「中川村にもご本陣があるの？」

「いいえ、近くの村にあるんです。だからおいらのとこは、通っただけです。いつもは別の道を通るんですが、たまたまその時は大雨で山が崩れて、そっちの道が通れなくなってて」

「百足屋さんは、脇本陣であって料亭旅籠でもあるの。品川で一、二を争う大きなお宿よ。今日は裏手のお勝手口にまわるから、表の立派な構えは見られないけど、お勝手口の広さだけでも、紅屋の表口ほどはあるかしら」

二人が歩いて行くと、向こうからお侍姿の三人組が歩いて来るのが見えた。三人が横に並ぶようにして歩いているので、すれ違うのは少し狭そうだった。やすはとめ吉の袖をひき、道の脇に避けた。お侍だからと無体なことをする人はそう多くはないが、うっかり身体が刀の鞘にでも触れてしまうと、面倒なことになる。お侍の勢いが強かった昔には、切り捨て御免などと言って、たいした理由もなく町人を斬り殺すような人もいたと聞く。

二人して道端に避け、なんとなく下を向いて、三人が通り過ぎるのを待っていた。

「おやす……さんではありませんか?」

不意に声をかけられ、やすは驚いて顔を上げた。

知らない男だった。いや……どこかで見たような……


えっ!


「か、かん……ちゃん」

あまりの驚きに、やすの声がかすれてしまった。

三人の中でいちばん後ろを歩いていたその若侍は、まだ前髪をおろしたままの姿だったが、きちんと二本差した刀に袴(はかま)をはき、足袋(たび)も草鞋(わらじ)も新しい、立派な姿だった。

「はい。勘平です。ご無沙汰(ぶさた)しております」

勘平は、きちんと腰を折って頭を下げた。

「これから紅屋さんにご挨拶(あいさつ)に伺うところでした。おやすさんは、お使いの最中ですか」

やすは、何か言おうと懸命に口を動かしたが、言葉が出て来なかった。

代わりに、とめようもなく涙が流れて頬(ほお)を伝った。

二　伊藤武次郎さま

「おやすさん、本当にお久しぶりです」

勘平は深く頭を下げたままで言った。

「あんなによくしていただいたのに、大変なご迷惑をおかけし、不義理をはたらいてしまいました。生涯お赦しいただけるなどとは思っておりません。ただ、おやすさんがお元気でいてくださって、今はとても嬉しく思っております」

「勘ちゃん……あっ」

やすは思わず口に手をあてた。

「ごめんなさい。そのご様子では、もうお名前が変わられたのですね？」

勘平は、二本差しだった。武士になったのだ。武家に養子に入るという話は本当だったらしい。

「はい」

勘平が顔を上げた。その目に涙が光っているのが見えて、やすの頬にもまた新しい涙が流れた。

「会津藩伊藤家、伊藤伝三郎の養子となり、伊藤武次郎と名乗っております。ご嫡男武一郎殿が不慮の事故で亡くなられて跡継ぎがおられなくなったため、養子を探していたところ、健心塾時代の恩師に推挙していただきました」

「……ご立派になられて……」

「いえ、まだ身なりを整えただけにすぎません。幼き頃から剣術を仕込まれる武家の子息ではありませんから、未だ剣術が不得手。相変わらず得意なのは算盤ばかりです。ですが養父伝三郎は、算術やその他の学問を重視し、諸外国の言葉に通じることもこれからの武士には必要、という考え方の人なので、わたしのような者でも大切にしていただいております」

「……良かった。本当に良かった。勘……伊藤さまは、ご自分らしく生きていかれる道を見つけられたのですね」

「我儘を通し、紅屋の皆様にご迷惑をかけ、その挙句やっと、恩返しの一歩目を踏み出したところです。ひとまずこの姿をお目にかけてご挨拶申し上げ、皆様にしっかりと謝って来いと養父に申しつかって参りました」

「武次郎、我らは先に向かうぞ」

　武次郎の後ろにいた武士がそう言った。

「こんなところで立ち話などせず、そのへんの茶屋にでもお誘いしたらどうなんだ」

もう一人の武士は、からかうような口調で言った。

「お女中、我らは武次郎の塾仲間、白井一郎太と」

「池田悟郎と申す。お女中は旅籠、紅屋の人とお見受けしますが」

「へ、へい」

「我ら、後日長旅に出るゆえ、一晩品川で遊んで別れを惜しもうということになりました。武次郎は遊郭遊びなど興味がないなどと言うのでおなご嫌いなのかと思っておりましたが、なるほど、あなたのような方がいらしたということですな」

「悟郎さん、そうではありません。この人は、わたしのことを実の弟のように可愛がり面倒をみてくださった方なんです」

「まあまあ、頬を真っ赤にして否定することではあるまい。我らは噂に聞く土蔵相模に早く向かいたいのだ。おまえはその方と、ゆっくりしたらいいではないか」

二人は笑いながら、武次郎をおいて立ち去ってしまった。

「本当に、本当にすみません。失礼なことを……でも、彼らは悪い人たちではないのです。二人とも、わたしのような町人の下男あがりの男を差別せず、仲間と呼んでつきあってくれます。健心塾が火事で焼けたあとも、芝に残って焼け出された人々の為に一緒に力を尽くしました。ただ結局、塾の再建は困難ということになり、残っていた塾生たちもそれぞれに先へ進むことになりました。あ、立ち話が長くなるとおやすさんの仕事に差し障りますね。これからどちらにおいでになるのでしょうか」

「百足屋さんに、漆のお重をお借りしに参ります。御殿山で催される花見の宴に、紅屋も花見弁当を出すことになったんです」

「そうですか。では、こうしませんか。わたしは荷物持ちとしてご一緒いたします。いいえ、百足屋さんには顔は出しません。外で待ちます。それでお重を持つお手伝いをさせていただいて、そのまま紅屋に戻りましょう。そうすれば道々、積もる話もできるかと」

　武次郎はにこやかに言うと、とめ吉の肩をぽんと叩いてさっさと百足屋に向かって歩き始めた。

　まるで別の人のようだ、とやすは思った。紅屋で小僧をしていた頃の勘平は、いつもどこかぼんやりとして、仕事のことは上の空だった。自分から工夫ということはせずに、ただやすに言いつけられたことをのろのろとやるだけの子だったのだ。けれど頭が悪いわけではなく、むしろ頭のいい子供だとやすは思っていた。ただ、自分が興味のないことには全く頭がはたらかない。気持ちが向かないと何もしない、そんな厄介なところがあった。やすはそんな勘平がなんとかやる気になるように、なだめたりすかしたりと苦労したことを思い出した。それが今はどうだろう。自分から案を出し、てきぱきと決め、動く。それが無理なく身についているようで、ごく自然にできている。

　塾の下男となって、そこでどれだけ苦労したのか、それを思うと胸が痛くなった。休む間もないほどこき使われ、へとへとになって、それでも夜は寝る間を惜しんで学んだだろう日々。階段の下に潜り込んでは昼寝をして、お八つになれば好きなだけお菓子を頬張り、時々みんなに叱られてべそをかきながらも無邪気に過ごしていた紅屋での毎日とは、まったく違っていただろう。町人の子だからといじめる者もいたかもしれない。さっきの二人のことを差別などしないと言ったのは、他の塾生には差別もされたということなのだ。とめ吉のように力仕事に慣れていたわけではないのに、下男の仕事は体にもさぞかしきつかっただろう。その上、木刀を持ったこともないのに剣術の稽古では、どれほど大変なのだろう。

　わずか二年と少し。けれどその間に、勘平は伊藤武次郎へと生まれ変わった。

　とめ吉に楽しそうに話しかけながら歩いている武次郎の背中を見つめながら、やすはその逞しさを眩しく感じていた。

❖

百足屋が用意してくれていた重箱は、やすがそれまで見たこともないほど大きなものだった。正月料理を飾りつける為の重箱だと言う。紅屋でも正月には重箱に料理を詰めて出すが、泊まり客に合わせた二、三人前用の小さなもので、奥のお客用には大きなものもあるのだが、それでも百足屋で借りたものほど大きくはない。その特大の重箱、それも三段になっているものを六組持ち帰るのは、なかなかに骨が折れた。武次郎がいてくれて助かった、とやすは正直思った。

どうしても自分が二つ運びますと言ってきかないとめ吉の背中に一組、大判の風呂(ふろ)敷(しき)に包んで背負わせ、もう一組は抱えさせ、武次郎が二組を軽々と両脇(わき)に抱えこみ、背に一組背負ってくれた最後の一組をやすが胸に抱くようにして、三人で紅屋へと戻る。

武次郎はとめ吉に対しても、やすに対するのと同じ丁寧な言葉で語りかける。それが嬉(うれ)しくてとめ吉は頬を赤らませ、羨望(せんぼう)の眼差(まなざ)しで武次郎を見つめながら応(こた)えている。ほんの二年半ほど前に、台所仕事に馴染(なじ)めず金平糖(こんぺいとう)職人のところへと逃げ出してしまったあの勘平が、今は小僧から憧(あこが)れられているのだ。人の一生というのは本当にわからないものだ、とやすは思った。

「会津藩も芝に屋敷があったのですが、あの大地震で壊れ、さらに芝の大火で燃えてしまいました。けれど会津藩は芝の人々の救済に屋敷内の食べ物や道具を下げ渡して、人々を助けたのです。我々健心塾の塾生も芝の人々を助けようと頑張りました。そんな中で会津藩の方々とも親しくなったのです。そうしたご縁で、伊藤家が養子を探しているという話が出た時に、恩師がわたしの名を挙げてくださって伊藤家に入ることになりました。と言っても、町人の子を養子に貰うくらいですから、伊藤家は藩内でさほど有力な家ではありません。養父は会津藩の御徒目付の一人で、城内に貼り出す文書などを書くのが主な仕事の近習です。剣術はわたし同様に苦手としており、書物を読んだり算術の難問を解いたりするのが何よりも好きな、とても穏やかな人なのです」

おかちめつけ、だの、きんじゅ、だのと、やすの知らない言葉ばかりで武次郎が話すことの正確な意味はわからなかったが、その伊藤さまという武次郎のお養父上さまが武次郎、いや、勘平を気に入った理由はなんとなくわかる気がした。

「養父はまだ四十を少し出たばかりでとても元気なのです。ですからわたしを無理に会津に呼ぼうとはせず、江戸で勉学を続けなさいと言ってくださいました。ですが健心塾の再建は難しく、芝に残って手習い所で子供たちに読み書きなど教えながら細々と暮らしていた仲間たちも、一人また一人と、故郷へ戻ったり別の塾の塾生となったりして去って行きました。わたしも他の塾の門を叩くことは考えたのですが、この際会津に行って伊藤家の一員としての暮らしを始める決心をいたしました。なにしろ即席で身なりだけ整えたでき損ないの武士ですから、養父のもとでしっかりと武士の心得を学び、いつ後継ぎとなっても伊藤家の方々に恥をかかせぬようにしようと思いました」

「それでは……会津に行かれるのですか」

「はい。月が代わったら出立いたします」

月が代わったら。

花見の宴の三日後には月が代わる。

目と鼻の先の芝にいてさえ、これまで一度も会うことができなかった。ましてや会津となれば、もう二度と会えないかもしれない。

やすは、また涙が出るのを止めることができなかった。

せっかくまた会えたのに。もう会えなくなるかもしれないなんて。

「おやすさん、泣かないでください。会津藩主、松平容保様は公方様のご信任厚い方でいらっしゃいます。会津藩には江戸屋敷もありますし、江戸での仕事も任されることがあるかもしれません。江戸に来ることがあったら、品川まで足を延ばして紅屋に参ります。必ず、おやすさんに会いに参りますから」

「や、約束ですよ」

やすははなをすすって言った。

「やすに嘘はつかないでくださいね。やすはどこにも行きません。ずっと紅屋におりますから。武次郎さんがいらしてくださるのを楽しみに、待っておりますから」

武次郎は深くうなずいた。

やすはそれ以上涙が流れないよう、重箱を抱えたまま袖を目にあてた。

会津に行くことは、武次郎、いや、勘ちゃんにとって新しい人生が始まる門出なのだ。泣いて悲しむようなことじゃない。笑顔で送り出してあげないと。

「今夜は紅屋に泊まってくれますね？」

やすは言ったが、武次郎は少し悲しそうに首を振った。

「そうしたいのですが、わたしは客として紅屋に泊まらせていただく資格などない人間です。大旦那様、若旦那様や番頭さん、政さんにお詫びをさせていただいたら、おいとまします。先ほどの二人はおそらく、土蔵相模に近い増田屋に泊まると思いますので、わたしも後で増田屋に行きます」

あの頃の勘平のままだったなら、そして自分もあの頃のように子供だったなら、枕(まくら)を並べて寝ることもできただろうに。

けれどもう、二人で並んで寝ていた階段上の狭い板間は、紅屋にはなかった。襖(ふすま)すらなく、真冬には階下の冷気がしんしんとあがって来て、掻巻(かいまき)を体に巻きつけて寝ても明け方が近づくと寒さで目が覚めた、あの板間。幼い勘平は、冷たい足をやすの体に押し付けて、やすに抱きつくようにして寝入ることも多かった。狭くて寒くて、せんべい布団の下は硬い。けれど、勘平と二人でいれば寒さは半分になり、寂しさも辛(つら)さも感じなかった。

時は戻せない。

もう決して、あの頃のように勘平と体を寄せ合って眠る夜は来ない。

勘平は、もういない。いるのは、伊藤武次郎と名乗る若侍。やすの知らない、会津藩の侍だった。

紅屋に着くと、大変な騒ぎになった。

武次郎が奥に挨拶に行っている間に、女中や男衆が台所に集まって、武次郎のことで持ちきりになった。番頭さんと一緒に武次郎が奥から戻ると、皆歓声をあげて迎えた。武次郎は顔を真っ赤にして恐縮していた。

確かにちょっと、みんな勘ちゃんに甘いな、とやすは思っていた。仲間を裏切るようにして飛び出してしまった勘平のことをこんなに温かく迎えるなんて。本当ならば紅屋には生涯出入り禁止、実家に戻されて謹慎を言い渡されていても仕方のないところだったのだ。逃げ出した奉公人を捕まえて折檻（せっかん）するようなお店（たな）もあると聞く。けれど、やす自身、自分を置き去りにして出て行ってしまった勘平を憎いとも思わず怒りもない。武士となった伊藤武次郎の将来に、ただただ幸あれと思うだけだ。自分も、みんなもわかっていたのだ。勘平は、紅屋には収まらない、もっと大きな世に出て行くべき者なのだということを。

おしげさんに叱られて、女中たちが仕事に戻った。やすもおうめさんも、その日の夕餉（ゆうげ）の支度やら花見弁当の下ごしらえやらでやることが山ほどあり、とめ吉もそんな二人にあれこれ言いつけられてこまねずみのように働いている。ただ政さんは、武次郎と二人で裏庭に出て、しばらく何やら話していた。

仕事が一段落し、賄いの用意を始めたところで二人が中に戻って来た。武次郎の目が赤い。政さんと何を話したのだろう。叱られたのだろうか。いや、きっとそうではない。何か、心に染み込むような言葉をかけてもらったのだ。

「勘平、いや、武次郎さん、せっかくだから賄いを食べて行ったらどうだい。増田屋の飯は正直、美味くないぜ」

　政さんの声はとても優しかった。

「そうしてください。ちょうど今、用意しているところです。女中さんたちが来る前に召し上がったほうがゆっくり食べられると思います」

　やすも言った。だが武次郎は首を横に振った。

「そうしたいのですが、これ以上紅屋さんに長居するわけには参りません。番頭さんにはお伝えしましたが、皆さんが仕事を終えられる前においとまいたします。本当ならば、わたしは紅屋の敷居などまたげる身ではありません。過分に温かく迎えていただいて、心苦しいばかりです。いつかきっと、伊藤家の養子として恥ずかしくない武士になって、またこちらにお邪魔したいと思っています」

　武次郎の声に迷いはなかった。やすはうなずいた。

「それでは、もう少しだけ、半刻ほどお待ちください。お渡ししたいものがございます」

　やすは言った。

「とめちゃん、その間に、武次郎さんに算盤を教えていただいたら？」

「え、あ、おいら、算盤は苦手です」

「知ってますよ。番頭さんがとめ吉は算盤を見せただけで硬くなってしまうと笑ってました。でもね、武次郎さんは算盤の名手です。きっと、どうやったら算盤が楽しくなるか教えてくれると思います。武次郎さん、よろしいでしょうか。あなたさまの代わりにとめ吉が、これからわたしを助けてくれます。そのとめ吉に、算盤を教えてあげてくださいませんか」

「わたしでよければ」

武次郎が言った。

「とめちゃん、算盤を持ってらっしゃい。そこの畳で、半刻ばかり武次郎さんとお稽古なさい」

とめ吉が番頭さんに算盤を借りに行った。

やすはおうめさんに耳打ちし、おうめさんは笑顔でうなずいた。

卵をといて、玉子焼きを作る。

味噌（みそ）に漬け込んであった賄い用の魚の切れ端を、夕餉の魚を焼いた七輪の炭火に載せる。

梅干しの種を取り、身をたたいて、削った鰹節、醤油と味醂少しと混ぜる。飯に、鰹梅をざっくりと混ぜ込む。それを握って、醤油をひとはけ塗って、焼けた魚の後の七輪に載せる。

香ばしい香りが漂う。

賄い用に作った、野菜の皮のきんぴらに炒り胡麻を混ぜる。

とめ吉と武次郎が、頭をくっつけるようにして算盤をはじいている姿をちらちらと見ながら、やすとおうめさんは息の合った仕草で、料理を作り続けた。その様子を、黙ったまま、政さんが見ている。少しにやついたような笑顔で。

やがて政さんが、竹の皮を取り出してしごき、濡らして絞った布巾で丁寧に拭いて手渡してくれた。

「うまそうじゃねえか。俺も今夜は、そいつをもらって帰るかな」

「へえ、では政さんの分も作りましょう」

やすは、竹の皮に焼けた握り飯を並べ、その横に、玉子焼きと魚を置いた。少し古くなった大根の漬物も薄めに切って添える。

「ちょいと面白いもんも添えてやろう」

政さんはそう言うと、味噌をすり鉢に入れた。そこにさっき鰹梅に混ぜた残りの鰹節を驚くほどたくさん入れ、味醂をひと垂らしして、軽くすりこぎであたる。それを指先で丸めた。刺身の紙塩に使う上等の紙を出し、裁縫の鋏で掌ほどの大きさに切り、丸めた味噌を置く。そこに板麩を少し割って載せ、紙をねじって包んだ。

「こいつを椀に入れて湯をさせば味噌汁になる。増田屋で湯と、それからちょいと頼めば葱を刻んだものくらいは出してもらえるだろうよ」

「お待たせしました」

やすは、あがり畳でとめ吉と算盤をはじいている武次郎のところに行き、竹皮の包みを手渡した。

「夕餉のお弁当を作りました。焼いた握り飯と、それにありものでおかずを入れてあります。中に小さな紙の包みが入ってますけど、それは椀に入れて湯をさせばお味噌汁になります。旅籠で葱を刻んだものを少し頼んで浮かべれば、もっと美味しくなると思います。もし食べるのが遅くなるようでしたら、焼いた握り飯も湯漬けにすれば温かくいただけます」

「……そんな……わざわざわたしの為に……」

「とめちゃんに算盤を教えていただいたお礼です。武次郎さん……一つだけ、約束してください」

「はい」

「必ずまた、紅屋に、ここにいらしてください。やすはどこにも行きません。ずっとここにおりますから」

「……わかりました」

武次郎は竹皮包みを受け取り、畳から降りて草鞋(わらじ)を履いた。

「お約束いたします。きっとまた、ここに参ります」

「へえ。楽しみに待っております。とめちゃんも、待っているわよね？」

「へい！」

とめ吉は元気よく返事した。

「おいら、毎日算盤を練習します！」

武次郎はとめ吉の頭を撫(な)でた。

「とめ吉さん、あなたは覚えが早い。算盤は難しいものではないでしょう？」

「へえ、おいら、なんかいろいろ考えすぎてました」

「毎日少しずつでも触っていれば、どんどん楽しくなりますよ。今度わたしがこちらに参った時には、番頭さんのお手伝いができるくらいに上達しているに違いない。わたしも楽しみにしています」

武次郎が勝手口から裏庭に出るのを、やす、おうめさん、とめ吉、政さんで見送った。

戸口の前で武次郎が深く頭を下げた。

「おしげさんと番頭さんには、皆さんのお仕事が終わる前においとまする と伝えてあります。奥の方々とのお別れも済ませました。なので、これで失礼いたします。あの、おやすさん」

「へえ」

「会津から文を出します」

やすはうなずいて微笑もうとした。

「難しい字はまだ、知らないのも多いので、易しい字でお願いしますね」

笑うはずだったのに、ぽろっと涙が溢れた。

「俺にも出してくんな」

政さんが言って笑った。

「おやすばっかりじゃなくてな。そうそう、おしげにもたまには出してやらねえと、むくれちまうぜ。おまえ様の寝小便で濡れた布団を洗って干すのを、おやすを手伝って一緒にやってくれてた人だからな」

武次郎がまた顔を赤くする。その様子におうめさんととめ吉が笑い出し、やすも涙をこぼしながら笑うことができた。

永遠の別れではない。きっとこの人は、また会いに来てくれる。

「では、これにて」

武次郎はもう一度礼をして、歩き出した。

その背中に結んだ髪が揺れている。やがては月代(さかやき)を剃(そ)り、髪を結い上げて凛々(りり)しい髷(まげ)姿になるのだろう。今はまだ、ぎこちなさに妙に揺れているように見える二本の刀も、やがてはこの人の体の一部となっていくのだろう。

会津には雪がたくさん降ると聞く。

寒さが苦手だった幼い勘平が、雪の降る国で侍になる。

そして……どこぞの武家の娘と縁組をし、父となり、伊藤家を継ぐ。

その将来を背負った背中が、小道を曲がって消えて行った。

三　花見弁当

勘平改め伊藤武次郎を見送った夜は、結局朝まで眠れなかった。

立派な若侍姿になった武次郎を嬉しく思う気持ちと、自分ともう住む世が違うのだ、という寂しさとが、寄せてはひく波のように交互にやすの心をざわつかせ、少しうとうとすると浅い夢の中で子供の勘平が泣きじゃくっていた。

ようやくほんのわずか眠りに落ちたかと思ったら一番鶏の鳴き声が聞こえ、やすは布団から出た。

明日は花見の宴である。今日中にしなくてはならないことが山ほどあった。

とにかく、働こう。働いていれば、余計なことは考えなくて済む。

一郎さんとの別れの後も、やすはがむしゃらに働いた。今度は、勘ちゃんとの別れ。働いていなければ、涙に溺れてしまうだろう。人の世は、出逢いと別れで出来ている。生きていくということは、誰かに出逢い、誰かと別れることだった。

とめ吉が起きて来た時に、算盤を抱えていたのには驚いた。

「とめちゃん、それは？」

「へい、昨日算盤を返しに行った時に、一人で練習したいと言ったら、番頭さんが、小さいのを貸してくれました。番頭さんが旅に出る時に持って行く算盤だそうです。なので、旅に出ていない時はずっとおいらが持っててもいいっておっしゃいました」

「とめちゃん、それを寝床に入れてたの？」

「へい」

とめ吉は嬉しそうだった。

「眠る前に触ってたらそのまんま寝てしまったんで、算盤がおいらの体であったまってます。そんでおいらのお腹(なか)に、算盤玉の痕(あと)がついてしまいました」

とめ吉が前をはだけて見せてくれた。なるほど、算盤玉で付いた妙な痕が少し赤く残っていた。きっと算盤を抱きしめて寝てしまったのだろう。

やすにはそんなとめ吉の気持ちがなんとなくわかった。まだ奉公人として給金をもらえる前の見習い時代には、何かを買う銭など持っていない。季節ごとにおさがりの古着がもらえたりはするけれど、自分の持ち物と呼べるものはごくわずかしかない。借り物であっても、小ぶりの算盤を自分で一人占めできることが、とめ吉には嬉しかったのだ。

「とめちゃん、算盤、好きになっちゃったのね」

「へい。武次郎さんと一緒にはじいてたら、怖くなくなりました。おいら、算盤が怖かったんです」

「怖かった？　算盤が？」

「へい。おいら、指先が器用じゃねえんで、おっかあにもよく怒られてました。豆の莢から筋を取るのもしくじってばかりで、ぷつぷつ切っちゃうし」

「今はできるようになったじゃないの」

「そうなんです。おいら、おやすちゃんに教わったら筋取りもできるようになりました。きっとおいら、おっかあに叱られるのが怖くて、しくじらないようにしくじらないようにって思い過ぎて、うまくできなかったんです」

「確かに、そういうことはあるわね。失敗したらいけないって思うほど、緊張して失敗してしまう。でも算盤は番頭さんに教えていただいていたのでしょう？　番頭さんは叱ったりなさらなかったでしょう？」

やす自身も、読み書きは番頭さんから教わっていた。番頭さんは穏やかで辛抱強く、何かを学んでいて叱られた記憶はない。

「へい……番頭さんは怒りません。けどおいら、番頭さんみたいな偉い人の前にいると、おっかあに叱られてるみたいな気持ちになっちまうんです。なのに算盤の玉はちょんと指をあてただけでも動いちまうじゃないですか。触ったら動くってわかってるんで、間違ったらどうしよう、せっかく番頭さんが教えてくだすってるのに申し訳ない、と思うと触れなくなっちゃって」

やすは、思わずとめ吉を抱きしめたくなった。

とめ吉は素直で、そして謙虚で、誠実なのだ。子供であっても、そうした美徳を備えている子ばかりではない。やす自身、番頭さんの前でそれほど身を固くしたという覚えはなかった。番頭さんに申し訳ない、という気持ちを、自分はどれだけ大切にしているのだろう。

とめ吉に教えられることは、とても多い。

「武次郎さんだと、怖くならなかったのね」

「へい。あのお侍さんは、元はおいらと同じ、ここの小僧だったんでしょう?」

「ええ、そうよ。勘平ちゃんと言ってね、わたしよりあとにここに来たの。二人とも子供だったから、とても仲良くしていたの。算盤や読み書きが得意で、賢い小僧さんだったのよ。でもとめちゃんのような働き者じゃなかったかな。叱られたというなら、勘ちゃんの方が今のとめちゃんの倍も叱られてたわ」

やすは、叱られてべそをかいていた勘平の顔を思い出し、懐かしさにくすっと笑った。

「そうなんですか。あの人はお侍の家の子なんですか？　お侍の家の子でも、奉公に出たりするんですか」

「いいえ、勘ちゃんは江戸の商家の子よ。お侍の家の子ではないけれど、学問があまり好き過ぎてね、奉公人よりも塾生になった方がいいだろうって、塾に入ったの。そこで認められて、お侍の家にご養子に入ることになったんですって」

とめ吉は目を丸くした。

「学問が好き過ぎるなんて人が、いるんですね！　おいら学問より、台所の仕事をしてる方がずっと楽しいです」

「人にはそれぞれ好きなことや、向き不向きがあるということね。どちらがいいか悪いかではないのよ。勘ちゃんは学問が好きで、それで身を立てたいと思った。とめちゃんはここの仕事が好きで、いつかは料理人になろうと思っている。そうよね？」

「へい、おいら、料理が楽しくなって来ました。前はそうでもなかったけど、おとうやおっかあがそうしろって言うから、料理人になるしかないのかなあと思ってたんです。でもだんご作りをやってから、なんか料理が面白くなって、料理人になりたいと思うようになりました」

「よかった。それを聞いてわたしも嬉しいし、政さんもきっと喜ぶでしょうね。そしてなりたいものになれる幸せを、とめちゃんには忘れないでいて欲しいな。世の中には、なりたくてもなれないものがあったり、したくてもできないことがあったりして、大人になるにつれてそれは増えてしまう。そのことで苦しむ人もたくさんいるの」

「大人になると増えるんですか！　おいら、大人になったら今できないこともできるようになるんだと思ってました」

「もちろん、できなかったことができるようにもなります。今はできなくても、頑張ればできるようになる。でもね、大人になると、できなくなることもある。してはいけないと言われてしまうことも増えていく。そのことが苦しいと思うかもしれない。だからこそ、今とめちゃんが、料理人になりたいと思っている気持ち、それを大事に守っていて欲しいの」

「へい、おいら、料理人になりたいと思う気持ち、ずっと守ります。でも武次郎さんのように、二本差しになれるんならそれもいいなあ、なんて。お侍はおいらたち町人より偉いのでしょう？　二本差しなら、道を歩く時でも真ん中を威張って歩けるしなあ。でも百姓の子では無理ですねえ」

「とめちゃん、あの二本の刀が怖くないのね、算盤は怖いのに」

「もう算盤も怖くないですよ。武次郎さんが指の動かし方を教えてくれたんで、余計な玉に触らないではじけるようになりました。刀も別に怖くないです。おいらの里では斧だの鉈だの、山仕事の時は子供でも使います」

やすは、なんと言っていいのかわからずにいた。

確かに道具としてなら、斧や鉈と比べて刀が特に恐ろしいというものではないのかもしれない。ましてやとめ吉は、鞘から抜かれた刀の刃など見たことがないだろう。けれど、斧や鉈と刀とでは、使う相手が違うのだ。斧は木を倒し、鉈は薪を割る。が、刀は人に向ける為の刃物。長い刀は他人を斬り、短い刀は己の腹を割く。

武士となった以上は、武次郎もその掟から逃れることはできない。敵と戦うことになれば人を斬ることになり、何か大きなしくじりをした時には、お腹をめされることになる。

「とめちゃん……お武家さまになったら、算盤だけでなくたくさん本も読まないとならないのよ。難しい字をいっぱい覚えないといけないし」

「うへぇ、おいら、そんなの無理だ。やっぱりおいらはお侍にならないでいいや。別に道の真ん中を歩かなくったって、端っこをさっさと歩けばいいや」

やすはほっとして、素直で無邪気なとめ吉が、刀の恐ろしさを知る日が来ないことを、心の底でそっと願った。

❖

花見の宴の当日になった。

やす、おうめさん、政さん、それにおさきさんと、さらには百足屋さんから二人の料理人が手伝いにやって来て、台所は早朝から人でいっぱいだった。大人たちに交ざってとめ吉も張り切っている。前日までに用意できるものはすべて用意してある。宴は八つ時に始まって、夜桜を提灯で照らして芸者衆が踊るあたりが一番盛り上がるだろう。御殿山まで運ぶことを考えると泊まり客が出立し、奉公人たちの朝餉が終わる頃までにはおおよそ出来上がっていないと、八つ時に間に合わない。客の朝餉や奉公人の賄いは、おさきさんとおうめさんとで仕度することになり、他の料理人は皆、花見弁当にかかりきりになった。

とめ吉も含めて料理人たちはゆっくり朝餉を食べている余裕もないので、おうめさんが握ってくれた握り飯を頬張りながらの作業になった。

午の刻には重箱にぎっしりと弁当が詰められた。滅多に使わないので紅屋には自前の大八車がない。颶風の前に荷物を御殿山の蔵まで運んだ時は、若旦那さまの将棋仲間が番頭を務めている米問屋から借りて来たが、今回は百足屋の料理人がひいて来てくれていた。その大八車に重箱を積み、箱が動いたり滑り落ちたりしないよう、しっかりと紐でくくった。

弁当を届けに宴に出向くのはやすとおしげさん、それに政さんと決まった。おしげさんは芸者衆の仕来りや、お大尽さまたちの扱いを心得ている。紅屋では宴席を設けないが、品川の料理旅籠に宴席の手伝いに行くことも度々あって、おしげさんがいてくれると心強い。やすは花見弁当を作った料理人として紹介されることになっていた。そして政さんは、紅屋の看板だった。江戸の料理人だった頃の名声を耳にしたことのあるお大尽さまも多いだろう。

とめ吉はとても行きたそうな顔をしていたし、やすもとめ吉を連れて行ってやりたかった。御殿山の花見は浮世絵に描かれるほど名を知られていて、桜の花の間から品川の海が一望できる眺めは絶景なのだ。とめ吉にも、ほんのひと時でいいからそれを見せてやりたかった。が、宴席に小僧さんを連れて行くことなどはできなかった。結局、とめ吉は留守番と決まった。

おしげさんが自分の着物を何枚か持って来ていて、やすに貸してくれた。奉公人の着物だから華美は論外、地味で質素でなければいけないが、それでいて古ぼけていたり汚れていてはいけない。絣の白がくっきりとした洗いたての着物に、揃いの赤い前掛け。

政さんも、いつもより少しだけ新しい着物に着替えている。

「それじゃあ、行こうか。おうめ、お八つの仕度をよろしく頼む」

「へえ、今日は花見弁当に使った残りの甘藷がたくさんあるんで、ざらめに絡めた揚げ芋にします」

「そいつはいいな、俺はしまいまでいないとならねえが、おやすは夕餉の仕度までには戻すから」

「お願いします、おうめさん」

「任せといて、おやすちゃん。夕餉の里芋も下茹でまでしとくから、ゆっくりして来て」

夕餉の献立は、煮魚と、里芋の煮ころがしに青柳のぬた、芹のおひたし。大きな鰈は切り身にして塩を振ってある。青柳を殻から剝くのが少し厄介だが、そのほかは手間のかからない料理ばかりにした。そして、花見弁当に使ったもので、最後に少し豪勢なものを出す。

百足河岸への別れ道までは、百足屋の料理人が大八車を引っ張ってくれた。そこで二人は百足屋に戻り、あとは政さんが車をひいて、やすが後ろから押した。せっかく詰めた料理がよれたり潰れたりしないよう、そろそろと行く。歩くのが速いおしげさんは、とろとろと進む車にじれているような歩き方をしていて、それが面白くて、やすは下を向いて笑いをかみ殺した。

御殿山まではずっと登り道なので、しまいにはおしげさんも一緒に車を押した。時が経つに連れて人通りが増える。宴に集う人の他にも、花見客が大勢歩いている。皆、手に手に風呂敷に包んだ重箱をさげている。着飾った女の人や、正月のように新しい着物を着た子供たちもいた。仕事の仲間同士なのか、すでにどこかの居酒屋でいっぱいやって顔が赤い男の人たちが、陽気に歌いながら登って来る。

桜が終わる前に、とめちゃんとお花見をしよう。今日は連れて来てあげられなかったけれど、境橋のところの桜なら、仕事の合間に見に行ける。とめちゃんが考えたおだんごを包んで持って行こう。二人でおだんごを食べながら、桜の花びらが風に散るのを眺めよう。

ふと、武次郎のことを思い出した。昨日会津に発ったはず。昨夜はどこの宿場に泊まったのかしら。会津の桜はまだ咲いていないのかしら。

勘ちゃんと桜を見たのは、いつが最後だっただろう。

御殿山のてっぺんは、すでに大変な賑わいになっていた。宴が催される場所には緋毛氈の敷かれた縁台が並べられ、なんと畳が敷かれて広間が作られていた。お大尽さまたちのすることは大したものだ。広間を囲むように桜の木が数本、どれも満開で、風が少し吹くと花吹雪が優雅に舞う。

目を上げて、やすは思わず小さな声を漏らした。

なるほど、絶景だった。これが御殿山の桜なのか。

なだらかな丘は満開の桜の木で覆われ、その先に青い品川の海が広がっている。桜の木々の間には、思い思いに敷物を敷いた人々が車座になり、歌ったり食べたり飲んだりと賑やかだ。並べられた花見弁当も色とりどりで、まるで小さな花が咲いているようだった。

「さあ、ぼんやりしてないで飾りつけないと、お大尽様たちがいらしてしまうよ」

おしげさんに言われて、やすは美しい夢から醒めたように我にかえった。

紅屋は一番乗りだったが、半刻もしないうちに他の料理屋からも大勢の人々がやって来て、あちらこちらに花見弁当の花が咲いた。

「あれは梅村の弁当だね。さすがは品川の料理番付で大関を張る梅村さんだけあるねえ、なんと豪華な。あの赤いのは伊勢海老(いせえび)じゃないか」

おしげさんが、くすっと笑った。

「だけどあれじゃ、正月料理だよ。ちょいとたいそう過ぎてさ、食べるのにいちいち女中の手を借りないとならないよ。ま、お大尽様だから女中くらい連れて来るんだろうけどね。あ、あっちはみなと屋さんだ。あそこも料理旅籠の中では品川で五本の指に入るだろうねぇ。料理人頭が政さんの昔の同僚だって話だよ。ああ、色は綺麗(きれい)だねえ。ふんふん、玉子焼きは魚のすり身を入れてるね、あれは。焼きごてで、みなとや、と入れてあるよ。赤いのはなんだろうね、海老のそぼろかしら。野菜の飾り切りが見事だけど、まあこれと言って珍しいもんは入ってないようだ」

「おしげは目がいいな。ここからみなと屋の弁当がそんなに細かく見えるのかい」

政さんが笑った。

「だがな、見ただけじゃわからねえだろう？　珍しいもんは入ってなくても、味が良ければ評判は取れる」

「そりゃそうでしょうよ。けどねぇ、お大尽様ってのは見栄(みえ)っ張りなもんですよ。味が良くても見た目が地味なもんは好まないんですよ」

「そんなもんかい」

「そんなもんです。だから紅屋の花見弁当が一番になりますよ。おやすの目のつけどころは間違ってません。もちろん味だって一番なんだから」

「桜や芸者さんの着物に負けないようなお弁当にしたかったんです」

やすは言った。

「お大尽さまだからとか、見栄を張るってことじゃなくて、ただ、せっかく美しいものを見て楽しむ宴なので、料理も見て楽しんでもらえれば、と」

「大丈夫よ、おやす。こうして見たところ、うちの弁当に勝てそうなのはありませんよ」

おしげさんは得意げに言った。

やすは、勝ち負けのことは気にしていなかった。今さら勝負に勝たなくても、政さんの腕が一流であることは品川の人なら誰でも知っている。美味しいものを知っているお大尽さまたちだってそうだろう。紅屋の花見弁当は、桜や芸者と同じ。今日の宴をより美しく、楽しいものにできますように、それだけを願って作ったのだ。

「さあ、並べよう」

政さんが言って、三人は畳の上に、重箱を並べ始めた。

いつの間にかお客たちも集まり、宴を主催した揚羽屋のご主人が挨拶を始める。揚羽屋の芸者衆が一斉に現れ、一気に華やかさが増した。

やすたちは畳から降りて、桜の木の下に置かれた縁台に腰掛けた。

お大尽さまたちや芸者衆が、色とりどりの花見弁当に歓声をあげている。やがてその歓声がひときわ大きくなった。やすにはわかった。みんな、紅屋の重箱の周りに集まっている。

「おおい、政一さん。こっちに来てこの弁当のことを話してくれ！」

揚羽屋のご主人が手招きした。

「おやす、お前さんもおいで」

政さんに言われて、やすもついて行く。

「これは素晴らしい」

「まるで絵師の描いた絵のようですな」

「これがあの、政一の料理なのかい」

「いや噂以上の腕だねぇ」

お大尽さまたちが興奮したように喋っていた。

「紅屋の料理人頭、政一でございます」

政さんが頭を下げて言った。

「今日の花見弁当は、ここにいる料理人のやすが考え、魚や野菜を選び、味を決めました。ですのでやすに説明させたいのですが、よろしいでしょうか」

「なんと、紅屋に女の料理人がいるとは聞いていたが、こんなに若い娘だったとは!」

誰かが言った。

「おやす、というのかい?」

「へえ、やすでございます」

「いくつだね」

「十八になりました」

「なんとまあ、まだ十八で料理人だって?」

「政一さんの下で手伝っているだけじゃないのかい」

「いいえ、このやすは料理人でございます」

政さんがはっきりとそう言った。

「下働きではありません。この弁当の味も、このやすが決めております」

やすは、並べられた重箱を見つめた。

そこに、品川が広がっていた。

海があり、舟が浮かび、人がいる。

道があって家々が並び、人がいる。

手前は桜の山に続いている。

品川の光景が、弁当となって重箱に描かれていた。

三段で六組。十八の「絵」。それらが並べられて、品川がそこにあった。

「そちらの海の部分は、平目を薄く造り、酢飯の上に青紫蘇（あおじそ）を敷いてその上に置いて握り、柚子（ゆず）の皮をおろして振りました」

「まるで波のように見えるねぇ」

「小さな握り寿司（ずし）になっておりますので、波一つずつ召し上がれます」

「なるほど、よく見たらこれは……」

「全部寿司かい！」

「へえ、寿司でございます。おかずとなる料理は他の料理屋さんのお弁当にたくさん入っておりますから、紅屋はお寿司にさせていただきました。いくら美味しいものでも似たような料理が重なってしまっては面白くありません。紅屋の弁当は、他のお弁当と一緒に召し上がっていただけます」

「海の色がところどころ違うのは？」

「青魚でございます。鯵(あじ)と鯖(さば)を、それぞれ塩梅(あんばい)の違う味に整えて、皮のむき具合を変えてあります。銀色のところを多く残したり、青いところを見せたりと、それらを平目の寿司と組み合わせて海になるようにと。白いところは真烏賊(まいか)でございます。青紫蘇を敷いたり敷かなかったりすることで、透けて見える色が変わります」

「なるほど、海の色というのはよく見れば、いろいろな色や濃さが混ざっているものだ。それでこの舟は？」

「筍(たけのこ)を煮たもの、素麺(そうめん)を揚げたものなどで舟にしてございます。それもお寿司でございます」

「なんと、筍の寿司かい！」

「野菜の寿司も美味しいものでございます。飾り切りはわたしの技量ではできませんので、政一に任せました」

「さすがに見事なもんだ」

「筍の細工が実に細かい」

「手前の家々もすべてお寿司になっております。高野豆腐、椎茸(しいたけ)、芹、人参(にんじん)、大根などで家の形を作ってございますが、中に小さく作った稲荷寿司を詰めたり、紫蘇塩を混ぜた寿司飯など、味を変えて詰めてございます。家々の屋根は煮魚や煮貝で作ってございます。赤茶の屋根の家はまぐろの寿司でございます。赤身のさっぱりとしたところを醤油と酒で軽く漬けて握りました」

「ちゃんと屋根のような形に握ってあるんだね」

「通りに敷いてあるのは玉子焼き、海老の押し寿司、生姜の酢漬けなどでございます。その上の人の形のものは、大根の体、煮豆の頭、牛蒡の足などを揚げた素麺に刺してまとめました」

「ちゃんと着物を着てるじゃないか。こっちのは鉢巻なんざしているよ！」

「うちの小僧が作りましたんで」

政さんが嬉しそうに言った。

「小僧が自分で工夫して、海苔だのたたみいわしだの使って作っておりました」

「なんとも可愛いねぇ」

「人がいることで、品川らしくなるもんだ」

「一番手前の桜の山は、甘いもので作ってございます。白餡に紅を混ぜ、紅の量で花の濃淡を出しました。花の下には最中が仕込んでございます。こちらの緑色はよもぎ団子でございます。紅屋はよもぎ餅を得意としておりまして、料理人は品川一柔らかくて香りの高いよもぎの生える場所を知っております」

「皆さま、どうぞ召し上がってください。うちの料理人、やすの腕は、何より味でわかっていただけると思います」

控えていた女中や芸者衆が箸で寿司を取り、漆塗りの皿に盛って客たちに手渡す。

「うん、これは美味い！　酢の具合がちょうどいい。これは良い酢をおごったな！」

「飯の中に酢漬けの生姜が刻んで入っている！」

「いやこっちの酢飯には、これはなんだい、細く切ったべったらのようだが」

「鰺と鯖とで、なるほど味つけが違っているじゃないか」

「こっちの家は、中にあなご飯が詰めてあるよ！」

「平目に柚子の皮と塩、これはいいもんだ、粋な味だね。醤油よりいいじゃないか」

「いやいや驚いた。これは屋台の寿司とはまったく別のものだねえ」

「この押し寿司は上方風かい？　あたしは上方に時々行くんだが、押し寿司が好きでね」

「ああ、美味いねぇ。そして寿司だけで他に何も作らない潔さがいいじゃないか。おかげで他の店の弁当も美味しくいただけますよ」

「そうだ、みなと屋の弁当の玉子焼きも食べたくなった」

「もうこれは、別々に食べることないでしょう。おい、そっちの弁当もみんなこの寿司のまわりに置いておくれ」

「そうそう、食べ比べなんざ花見には無粋でしたね。どれも美味いんだから、みんな食べたらいいんです」

たくさんの重箱が並べられた光景は壮観だった。これぞ、品川の花見。賑やかで色とりどりで、贅沢で、そして楽しい。

やがて酒がまわされ、政さんはお大尽さまたちと一緒に座って酒を飲むよう勧められた。

やすとおしげさんは、しばらく女中を手伝って料理を皿に取ったり酒をついだりしていたが、三味線が鳴らされ、芸者衆が踊り始めたところで帰り支度にかかった。

「帰りは政さん一人になっちまうね。一人で車をひけるかしら」

「この調子なら重箱は空っぽになりますから、大丈夫でしょうけど、戻ったら男衆を手伝いに向かわせましょう」

「そうだね、そうしよう。あんなに飲まされてたんじゃ、帰りはあのひと、千鳥足だよ。さ、さっさと退散しようね。もうちょっと酔っ払ったらお大尽さまが、あんたに目をつけて残って酒を飲めなんて言い出すかもしれない。金を持ってる人ってのは、わがままを通すのに慣れてるからね、酔って抑えがきかなくなったら無茶なことを言い出すものだよ」

持って帰れるものを手早くまとめて歩き出したところで、丘を登って来た芸者と出くわした。

春太郎(はるたろう)さんだった。

久しぶりにその姿を見たが、以前にも増して艶(あで)やかで美しかった。

「おやすさん」

春太郎さんは、にっこりと会釈した。

「宴に呼ばれたの？」

「あ、いいえ、お花見のお弁当を届けただけです」

「あ、そうだった。今日の宴は、紅屋の花見弁当が食べられるのだったわね。別のお座敷があったので遅れてしまったけれど、まだ残っているかしら」

「へえ、多分」

「よかった。おやすさんの料理、食べてみたかったの」

春太郎さんは、おしげさんに頭を下げた。おしげさんは横を向いていた。

「それじゃ、急がないと。またね、おやすさん」

おしげさんは横を向いたまま、表情も変えなかった。

春太郎の背中が離れたところで、おしげさんは、ふう、と息を吐いた。

「了見が狭いと言われちまうだろうけど、あたしゃどうしても、あの芸者をゆるす気になれないのよ」

おしげさんの口調は、どこか悲しげだった。

「あの人が悪いんじゃない、惚れたはれたってのはどっちのせいでもないってわかってはいるの。むしろ千吉の方が、もっと賢くたちまわるべきだった。謝らないといけないのは、そんな弟の気持ちに気づいてやれなかった、情けない姉のあたしの方なんだって、頭ではね、わかってる。だけどさ……まさか千吉が江戸に行っちまうなんて。あれだけ世話になった親方のことまで裏切って。そんなことになったのは、あの人と恋仲なんぞになったからだと思うとね……。いくら好きになっちまっても、一緒にはなれないってわかってたんだから、あの人の方が千吉を遠ざけていてくれたら……客が本気で惚れても適当にあしらうのが、芸者ってもんじゃないのかい。そう考えると腹が立っちまってね」

おしげさんは、なんだか前よりも痩せて小さくなってしまった。やすはそう思った。

千吉さんが品川を出たことが、おしげさんにはこたえているのだ。

千吉さんは、江戸で何をしているのだろう。飾り職人を続けているとは思えなかった。千吉さんは、この先どうするつもりでいるのだろうか。

おしげさんを元気にするにはどうしたらいいのだろう。

四　風が変わる時

紅屋(くれないや)に着いて、お勝手のあがり畳に腰をおろすと、おしげさんが大きなため息をついて言った。

「それにしたってさ」

「今頃(いまごろ)になってちょいと腹が立って来ちまった。今日の花見弁当はあんたが料理人として作ったって、政(まさ)さんがはっきり言ってくれたのに、どうだろうね、あの金持ち連中と来たら。うまいうまいと言いながら、あんたに全然声をかけようとしなかったじゃないか。みんな政さんばかり持ち上げて、政さんがいくら、あんたの名前を出しても聞こえてないみたいな顔だったよ。女の料理人なんて、この頃じゃそんなに珍しくもないのにさ、なんだって、おやすのことを無視するんだろうね、まったく」

「そんなこと、構わないじゃないですか」

やすは湯を沸かし、ほうじ茶をいれた。

「あの品川絵図を模したお寿司は、わたしだけが作ったわけじゃありません。おうめさんやおさきさんにも手伝ってもらいましたし、とめちゃんだって一所懸命、人の形を作ってくれました。そうしたこと一切、政さんのお手柄だってことは間違いないんですから。だってわたしもおうめさんも、おさきさんだって、政さんに教えてもらって料理の腕を上げたんです」

「そういうことじゃないだろう。寿司飯の塩梅を決めたのも、野菜の煮物の味をつけたのも、まぐろを漬けた醤油と酒の配分だって、みんなあんたが仕切ったんだよ。確かにあんたは政さんの弟子だから、あんたがいい仕事をしたら師匠の政さんのお手柄なのは間違いないけどさ、それだって政さんを褒める前に、まずはあんたの仕事を褒めるべきだよ。違うかい？」

やすは答えなかった。どう答えていいのかわからなかったのだ。やす自身は、お大尽さまたちに直接褒めていただけなくても少しも気にはならなかった。それよりも、美味しい、と言ってもらえただけで満足だった。どのみち女の料理人は料理人頭にはなれないのだ。そしてやすは、ずっとずっと、政さんに料理人頭でいてほしいと思っていた。

が、おしげさんの心底悔しげな口調には、何か大切なことが含まれているような気もしていた。

本当は、自分が悔しいと感じなくてはいけないのだろう。それを感じないということは、自分自身にまだ覚悟ができていないということなのだろう。

女であることに甘えてはいけない。それは政さんにも言われたことだった。

どうせ、どうせ、とはなから諦めてしまう自分が、やすは少し情けなかった。けれど、だからと言って、本気で男の料理人たちと張り合う気持ちなど、今のやすにはまるでなかった。やすにとっては、紅屋の台所で働くことがすべてであり、外の世界の料理人たちがどうであろうと、あまり関心がなかったのだ。

ほうじ茶をすすりながら、おしげさんがまたため息をついた。

「おやす、あんたは本当に欲のない人だねぇ。もちろん欲がないのはいいことなんだろうけど、でもね、少しは高望みをしてみないと、人ってのは大きく育たないもんなんだよ。あんたほどの才に恵まれていれば、高望みをして自分を伸ばすことも考えていいいと、あたしは思うよ」

「へえ」

やすはうなずいた。が、高望み、とはどういうものなのか、よくわからなかった。

だがその時ふと思い出した顔があった。八王子で出会った、石田村のとしさん。自分の料理で紅屋を品川一の旅籠にしたいと、と、口にしなさい。あの人はそんなことを言ってくれたっけ。それは確かに、高望み、だ。そしてわたしはあの時、その高い望みを抱いたのだった……。

花見の宴を境に、桜は潔く散り始めた。また季節が変わり、一日一日、陽射しが暖かくなってゆく。
時折、会津のことを考えた。会津の桜は江戸より遅いと聞いた。どのくらい遅いのだろう。会津の桜も美しいのだろうか。
あの勘平が、咲き誇る桜の下で武士の姿になっているところを思い描くと、誇らしい気持ちと同時に、寂しさがつのって来る。弟のようだった可愛い勘ちゃんは、もうどこにもいないのだ。
もう一度会う日が来たとしても、もはや幼かった頃の面影はすっかり消えてしまっているのだろう。

そんな勘平のことが、お八(や)つの時などに話題に出ることもあった。

「伊藤(いとう)様ってのは、会津藩でどのくらい偉いんだい？」

おさきさんの問いに、誰もはっきりとは答えられない。が、定吉(さだきち)という男衆が訳知り顔で言った。

「たいして偉くはねえはずだよ。そんな偉いお武家様なら、町人の子を養子になんぞしないだろうさ」

「あらでも、今は町人の子でも武家に養子に入るのは珍しくないじゃないの」

「小判を積めば、仲介してくれる人もいるって聞いたけど」

「だからさ、そういう風に金で養子をもらうってのは、要するに金がねえってことだろ？　藩の中でいい職に就いてる偉いお侍だったら、それ相応の給金、なんだっけ、俸禄だかそんなもんはもらってる。金に困ってるってことは、その禄が少ねえってことなんだよ」

「勘ちゃんの実家も、その伊藤様にお金を払ったのかしらね」

「そりゃ払ったに決まってるさ。勘の字の実家ってのは、大店(おおだな)とまではいかないけどそこそこ羽振りのいい商家だろ、奉公先を逃げ出すような出来損ないが、ひょんなことでお武家になれるかもとなったら、無理したって金を作るだろうよ」

「つまりその伊藤様ってのは、金が欲しくて勘ちゃんを養子にしたってこと？」

「もちろん跡継ぎがいねえってのは本当だろうけど、普通ならなんとかして武家の子をもらうだろうよ。勘の字なんざ、剣術の稽古もろくにしてねえ、算盤しか取り柄がねえんだぜ、金でも積まれなけりゃ、わざわざそんなのを養子にしたりはしないって」

やすは、そんな噂話を耳にして少し不安になった。伊藤さまという方は、お金が欲しくて町人の子を養子にしたのだろうか。

だが勘平、いや、武次郎は、養父の伊藤さまのことを、とても好ましい方のように言っていた。剣術はできなくても、算盤が得意で本をたくさん読む、そんな自分を気に入ってくださったのだと、武次郎自身が思っているようだった。そこに嘘はないと思いたい。

いずれにしても、伊藤さまが地元の会津でもそれほど裕福ではないだろうというのは想像がつく。江戸にはあらゆる藩の江戸屋敷があり、お国を離れて江戸詰めをされている方々も多いが、その人たちのほとんどは、禄だけでは江戸での暮らしが大変で、中にはご浪人さまのように傘張りの内職までしている方もいると聞いたことがある。

品川にも、日の本中の藩の方々が遊びにいらっしゃるが、そのほとんどは安く遊べる店や宿に集っている。

　武次郎は大丈夫だ。実家は割と裕福だという話だが、少なくともここで働いている間、勘平が贅沢を好む様子はなかった。美味しいものは大好きだったけれど、分不相応な物を欲しがったこともない。

　やすは自分に、大丈夫、あの子は大丈夫、と何度か言い聞かせた。そして、それ以上は考えないことにした。伊藤武次郎……さまは、もう自分とは別のところで生きる人なのだ。これから先、自分とあの子との人生が交わることはもうないかもしれない。ただお互い、元気でいたい、いて欲しい、と思い続けるだけ。


　桜が散ると季節は瞬く間に過ぎて行った。初鰹の狂乱騒ぎも下火になった頃、ようやく政さんは紅屋の夕餉に鰹を出した。政さんは、世間が初鰹でもちきりになっている間は、頑なに鰹を献立に載せない。

「ここだけの話だが、俺は初鰹ってのが、そんなに美味いもんだとは思ってねえんだ」

　政さんは毎年、そんな話をする。

「魚ってのは、あぶらが適当にのってる身がいちばん美味い。のり過ぎてくどくなっちまってるのは、客によっては腹を壊すこともあるんで注意が必要だがな、鰹っててのは今の時期、まださほどあぶらがのってねえんだ。特に世間が大騒ぎするはしりの鰹、あれは身が硬くて味が薄く、鰹特有の血の匂(にお)いも強くてそんなに美味いもんじゃない。あんなもんの一番乗りに、米一年分もの金を出して大騒ぎするってのは、俺には馬鹿げたことに思えるね」

「けど江戸のお大尽たちは、相模(さがみ)の早舟(はやぶね)を囲い込んで、一番鰹を手に入れようと大変な騒ぎじゃないか」

おしげさんの言葉に、政さんは、ふふん、と笑う。

「金持ちが自分の金をどうばら撒(ま)こうと、それは好きにしたらいいのさ。そのおかげで、早舟の漁師はたんまり儲(もう)けられるし、江戸の魚屋も料亭も、初鰹ってだけで客に法外な値をふっかけられて大儲けできる。世の中、そうやって金をつかわせることが度々ねえと、金が世間に回って来ねえ。お大尽の蔵ん中で、千両箱の中で眠ってる小判なんざ、世の中にはクソの役にも立たねえもんな。だから初鰹を食べたがる者がいても、俺はそいつを馬鹿にしたりしねえんだ。初鰹ってのは美味いもんだねぇと喜ぶ者がいるなら、へえ、まことにありがたいもんでございますね、とうなずいておく。確かにありがたいもんには違いねえからな。初鰹のおかげで、漁師も魚屋も料亭も儲かるんだったら、それもまた良し、ってことだ」

「でも紅屋では出さない、それが政さんの矜持ってことかい」

「紅屋の客だって、初鰹が食いたいと思ってる人の方が多いだろうね。だがそれをわざわざ、旅の宿で食わなくてもいいだろうって話だよ。初鰹は仕入れ値もとんでもなく高いから、それを夕餉に出そうと思えば、宿代の他に初鰹代をいただかねえともとがとれねえ。そうまでして出すような料理じゃねえと、俺は思ってる。まあそういうことだ。その初鰹も、ようやく熱が冷めて値もまともになって来た。それでまあ、旬の終わりに夕餉に出してみようかなと思うんだ」

「やっぱり刺身かい。おやすがひくんだね？」

「おやす、どう思う？　刺身で出すかい」

やすは、その朝に仕入れた鰹をさらしできっちりとくるみながら答えた。

「上方風にやってみたいんですが」

「藁で焼くか」

「へえ。皮目だけ藁で焼いて刺身にします」

おしげさんは、驚いた、という顔になった。

「焼いちまったら刺身にならないだろう？」

「へえ、刺身とは違う料理です。でも皮目の焦げた風味が鰹の身と良く合います。あぶらののっていない魚を生で食べる時は、醬油だけでは生臭く感じます。鰹は特に血の匂いも強いので、皮目を焼くことでそれをやわらげられるんです。上方の料理本に載ってました。醬油ではなく、塩と酢を使ってみます」

「なんだかさっぱりわからないけど、おやすが作るんならきっと美味しいね。だけど賄いの分まではないんだろうねえ」

やすは、ふふ、と笑った。おしげさんの口調には、なんとかして食べさせておくれ、という気持ちが表れている。

おしげさんが台所から奥に消えると、政さんがやすに言った。

「塩と酢ってのは、またどうしてだ？　藁焼きした鰹でも醬油で食べるのが普通だが」

「鰹の血の匂いをどうしたらいいかと考えたんです。生姜醬油でも消えると思いますが、コハダでもイワシでも、青魚は酢で締めると臭みが抜け、青魚特有の癖も和らぎ、逆に身の甘さが引き立ちます」

「なるほど。だが赤酢では、鰹には強すぎねえかな。身がコリコリになっちまうだろう」

「へえ」

やすは考えた。確かに、鮨にするように赤酢や米酢で締めてしまったら、それでなくても身が硬い初鰹では、口当たりが悪くなる。青魚は身が柔らかいので酢で締めるとちょうどいいのだが。

それでも、酸味を使うという考えは気に入っている。どうしたらいいだろう。

政さんもしばらく考えていたが、あ、と思いついたようで笑顔になった。

「ちょっといいもんを思い出した。おやす、一刻ほど出かけて来る。面白いもんを持って来てやるよ」

そう言うなり、政さんは勝手口から飛び出して行ってしまった。

「おいら、初鰹を初めて見ました」

とめ吉が言った。

「江戸の初鰹の話はおいらの里でも聞いたことあります。でもどんなものなのか、なんでそんな大騒ぎするのかちっともわからなくて。鰹節は、うちでは使ってなかったけど、お庄屋の台所にあるのは見たことあります」

「去年の秋にも一、二度、料理して夕餉に出したの覚えてない？」

とめ吉は首を傾げる。無理もない。去年の秋にはまだ、とめ吉の仕事と言えばもっぱら、薪割りに皿洗い、米や豆を選り分けたりといった下働きばかりだった。ようやくこの春頃から、とめ吉にも魚の鱗(うろこ)取りを教えている。まだ包丁は握らせられないので、小刀でやらせているのだが。

「秋の鰹は戻り鰹と言うのよ」

「初鰹に戻り鰹ですか。鰹が違うんですか」

「ううん、同じ鰹なの。でも春の鰹は西の海から黒潮に乗って江戸前にやって来る。秋の鰹は逆に、北の海から戻って来る。だから戻り鰹と言うの。で、戻って来る秋の鰹の方がたっぷりとあぶらがのってるのよ」

「なのに初鰹の方が美味しいんですか」

「そうねぇ……どちらを美味しいと思うのかは、人それぞれでしょうね。でも昔から、江戸の人たちはあぶらの少ない初鰹を美味しいと思って食べて来た。逆に上方では、戻り鰹の方が好まれるらしいの。春先の鰹は、上方の海にいる時にはまだ若すぎて美味しくない。でも戻り鰹が西に泳ぐ頃には、江戸前にいた時よりもっとあぶらがのって美味しくなる。だからかもしれない。あるいは、江戸の人の好みが、あぶらっぽい魚よりもさっぱりとした魚、だということなのかも。でも確かに政さんの言う通り、いくら美味しくても江戸の初鰹騒ぎはちょっと滑稽かも。たった一匹の鰹がお米一年分の値で取引きされるなんて、どうかしてるわね」

「米一年分ですか！　そんな高い魚、おそれ多くて食べられません」

「一番鰹が日本橋の魚河岸に入ると、それだけ出しても買いたいって料理屋があるそうよ。それを食べたい、その為なら小判を積んでもいいってお客がいるんでしょうね。そうなるともう、美味しいから食べたいのではなくって、一番鰹を食べた、ってことが自慢になるから食べるってことで、政さんはそうしたことが苦手なのね」

「戻り鰹は安く仕入れられるんで、亭主とやってた一膳飯屋では煮付けにして出してましたよ」

　おうめさんが言った。

「鰤の代わりに大根と煮たりしてね。生姜をうんときかせて」

「やっぱり生姜がいいのかしら」

「そりゃまあ、魚の臭みには生姜ですよ。なんで生姜醤油じゃだめなんです？」

「だめってことではないのよ。ただ去年も鰹の刺身を生姜と醤油で出したなあ、って思い出して、何か少し工夫してみたいと思ったの。でも政さんの言ったように、塩と酢では身が締まり過ぎて、初鰹には向かないわね。あぶらののった戻り鰹ならいいかもしれないけど」

「皮目を焼いただけでも目先が変わるし、香ばしくて美味しそうですよ。生姜でいいと思いますよ」

「そうねえ……」

政さんは何を思い出したのだろう。気にはなったが、夕餉の支度を始めると忙しさで忘れてしまった。

平蔵さんがいなくなって丸三月になる。やすもようやく、政さんに一から十まで指図されなくても夕餉の支度ができるようになって来た。

献立は鰹の刺身の他、青菜とお揚げの煮物、芹人参のごまよごし、しらすを入れた玉子蒸し。お吸い物は、蛤を使って贅沢に、けれど品良く仕上げる。

雨の多い季節に入ったので、すっきりとした味の夕餉にまとめた。

一刻と言っていたのに、政さんが戻って来たのは、そろそろ鰹をひこうかと考えている頃だった。

「すまんすまん、遅くなった」

政さんは風呂敷包みを開けた。

「まあ！」

やすとおうめさんは同時に声をあげた。

信じられない。風呂敷から出て来たのは……みかん!?

「これはおったまげた」

おうめさんが目を丸くした。

「もう卯月も終わろうってのに、みかんだなんて！　もしかしてこれ、南蛮のみかんか何かですか？」

「はは、まあおそらく渡来みかんの一種なんだろうな。これは、夏だいだいだ」

「夏だいだい！」

「江戸にもごくわずかしかないだろうな。上方よりもっと西の方で、この頃食べられるようになったと聞いてるが、青いうちに絞って柚子のように使うことが多いらしい。だが黄色になるまで待てば、ちゃんと甘みが出る」

「こんな珍しいもの、一体どこに？」

やすは心配になって聞いた。まさか、米一年分ほどの大金をはたいて手に入れたというわけではないだろうが……

「高輪の新勝寺の境内に、なぜか植えられているのを思い出したのさ。料理人仲間が話していたんだ。新勝寺の住職に頼めば、夏だいだいを分けてもらえるって」

「それで高輪まで」

「うん。だが住職に頼んだところ、快く分けてくれたはいいんだが、何か一品作ってくれろと頼まれちまった」

「紅屋の料理人頭、政一の名前は高輪にも知れ渡ってるんですねえ」

おうめさんが誇らしげに言った。

「おうめ、あの御殿山(ごてんやま)の花見弁当で、また一段と有名になったと聞いてますよ」

「あの御殿山の花見弁当はおやすの料理だぜ。俺の手柄じゃねえだろ」

「へえ、わかってます。わかってますけど、紅屋の料理が褒められるってことは、料理人頭の政さんの名が上がるってことですから。そりゃ、あたしだってね、おやすちゃんの名前が知れ渡って評判になったらもっと嬉(うれ)しいですよ、女でまだ十八で、料理人として名が知られるなんてこと、ちょっとあることじゃないですもん。でも仕方ないんですよ。世間ではまだまだ、女の料理人に対する見方なんてものは、どうせ亭主に作って食べさせる程度のもんしか作れっこない、って、そんなとこなんですから。だけど紅屋の料理の評判が上がれば、いつかきっと、おやすちゃんも料理人として名を上げることができると思うんですよ」

おうめさんは、いつになく真面目(まじめ)な顔でそう言った。政さんは、少し困ったような顔でうなずいた。

「まあいいや。それで仕方なく、寺の庫裡（くり）にあったもんで簡単な料理をこしらえてやってたんだ」

「何を作ったんです？　お寺さんだったら精進ですね」

「大根があったが、風呂吹きは時間がかかるんですりおろした。干椎茸（ほししいたけ）を戻して出汁（だし）をとって、豆腐を崩して絞って、軽く味をつける。出汁をとったあとの椎茸と芹人参を細かく切って醬油と砂糖で煮て、それを絞った豆腐で包んで丸くしてから、油で揚げる。出汁におろした大根を入れてちょいと煮て、その中に揚げた丸豆腐を入れて出来上がりだ」

「やだ、美味しそう！　それはなんて料理なんです？」

おうめさんが目を輝かせた。

「うん、おやす、おまえさん、豆腐百珍（とうふひゃくちん）はもう読んだな？」

「へえ。……ひりょうず、という料理に似ています」

「ひりょうず？　なんだか変な名前の料理ですねえ」

「字で書くとなかなかいいんだぜ。飛龍の頭、と書く」

「まあ、龍の頭ですか！」

「詳しいことは俺もよくわからねえが、おそらく南蛮の料理がもとになっているんだろう。あちらの言葉に字を当てたんじゃねえかな。かすていら、みたいなもんだろう。ひろうす、とも言う。おろし大根を使ったのは、庫裡にあった大根がなかなかいいものだったんで思いつきだ」

「紅屋でも出せますね」

やすは頭の中に、その料理を作ることを思い浮かべた。

「紅屋で出すなら、精進では物足りないお客もいるでしょうから、うずらの肉などと混ぜたものを包んでもいいですね」

「出汁も鰹でとってみよう。おっと、横道にそれちまった。もう鰹をひかねえと間に合わないんじゃねえかい」

「あっ、そうでした！」

「その為にわざわざ出かけて、夏だいだいをもらって来たんだ。さておやす、この夏だいだい、おまえさんが考えてる塩と酢で味付けた初鰹、に使えねえかな？」

やすは、夏だいだいの香りを嗅いだ。青いものを柚子の代わりにすることがあると政さんは言っていたが、柚子とはまるで違った香りだ。けれど、冬に食べるみかんとも違う。

皮は厚くて硬い。みかんのように指で皮を剝くのは大変そうだ。柚子のように皮を削いで、あとは絞って使うのだろうか。

「割ってみな」

政さんに言われて、やすは夏だいだいをまな板にのせ、菜切りで二つに割った。

とてもみずみずしい、綺麗な色の中身だった。

「夏のだいだいなんざ、ひからびてるかと思ったら、まあちゃんとだいだいだわ」

おうめさんは、顔を近づけて夏だいだいを見ている。やすはまな板の上のそれをさらに半分に切って、指で皮を剝いた。ちょうど三房。ひとつずつに分けて、政さんとおうめさんに渡す。残りのひとつの白皮を剝き、半分だけ口に入れた。

甘い。でも、酸っぱい。

みかんよりも酸味が強く、わずかに苦味もある。だが舌に嫌な苦味ではなかった。口の中がさっぱりする、そんな苦味だ。

「とめちゃん、こっちにいらっしゃい」

あがり畳にお膳を並べていたとめ吉を呼んだ。食べていない半房の身を、とめ吉の口に入れてやった。

「わあ、美味しいや！」

とめ吉が笑顔になる。

「さすがにとめは若いな。若いもんは酸っぱいのがいいんだろうな。俺にはこいつは、このまま食べるにはちょっと酸味がきついが」

「でも美味しいですよ、政さん。夏場にこれは、さっぱりしてていいですねぇ」

「おうめは気に入ったかい」

「へえ、あたしゃ酸っぱいもんが好きなんですよ。梅干しだってね、この頃じゃ蜜に漬け込んで甘くしたのがあるじゃないですか、あんなのよりも、口がすぼまるくらい酸っぱくないと梅干しって気がしません」

やすの頭の中で、夏だいだいの爽やかな酸味と甘み、それに苦味がぐるぐると駆け回る。やがてそれらは、鰹の独特の香りや味にするすると絡んで行った。

「その顔は、おやす、出来たんだな、鰹と夏だいだいの料理が」

「へえ」

やすは大きくひとつうなずくと、さらしをはずして鰹の身をまな板に置き、包丁を握った。

「これは……酢の物ですね！」

おうめさんが嬉しそうに言った。

「鰹をこんなふうにしたのって、初めて見ましたよ」

鰹は刺身にひいてから、それをさらに短冊にした。大葉を皿に敷き、夏だいだいの絞り汁につけてひと揉（も）みした鰹を盛り付け、塩をぱらぱらと振る。できる限りに細く作った糸生姜を上にのせた。夏だいだいは汁だけ半分、身のつぶつぶが残るようにほぐしたもの半分を使った。

「あれ、さっぱりとして！　これはまた、潔い味になりましたね、おやすちゃん」

掌（てのひら）に鰹をのせてもらったおうめさんが、口に入れて言った。

「あぶらがのっていない鰹なのに、こくを出そうってんじゃなくて、逆に一層さっぱりと酢の物にしちまうなんて、おやすちゃんらしくてあたしは気に入りましたよ！」

「なるほどな」

政さんも食べながらうなずいた。

「刺身にしてそれほど美味い魚じゃねえってとこを逆手にとったか」

「お刺身として食べても、それはそれで美味しいとは思います。ただ物足りないには違いない。煎（い）り酒を使うことも考えたのですが、煎り酒の風味は白身の魚と相性が良いので、鰹ではかえって臭みが立ってしまうかもと。かと言って、すりごまであえるとか酢味噌（すみそ）であえる、などというのも考えてはみましたが、初鰹はあっさりとした味が身上ですから、そこに何かでこくを加えてしまうのも少し違う気がしました。それで塩と酢はどうだろうと思いました。でも赤酢ではきつ過ぎる。この季節に柚子はない。そこに夏だいだいです。酸味は強いけれど赤酢に比べたらずっと柔らかい。甘みもあって、何より香りが爽やかです。柚子とはまた違う風味なのも、珍しくて楽しいかと。ただ酸味が弱い分、鰹の血の匂いや独特の臭みは消えにくい。やはり生姜の力を借りるのが良さそうだと思ったので、生姜の辛味を感じないくらい細く糸のように切ってみました。お好みで、敷いた大葉で鰹をくるんで食べるのもいいかと思います」

「うん、夏だいだいをもらって来てうまく行ったな」

「へえ、けれど、ひとつ気になることが」

「それはなんだい」

「見栄(みば)えです。この鰹だけではなく、献立全体の見栄えが少し……酢の物というのは脇役(わきやく)です。主役の味をひきたて、食べる人の舌を新たにしてくれます。それが酢の物の役割だと思います。その酢の物がこうして真ん中に来てしまうと、お膳の皿のどれが主役の料理なのか、どうも判然としなくなります。今夜は青菜、芹人参、玉子蒸しで、他に真ん中に置けそうな料理もありません」

「ふむ」

　政さんは腕組みして少し考えていたが、よし、と言った。

「玉子蒸しはまだ作ってねえな」

「出汁はできてますよ」

　おうめさんが言う。

「卵もといて、漉してあります。しらすを入れて蒸したら出来上がりです」

「銀杏は残ってるかい」

「去年のがあります」

「とめ吉、七輪に炭おこして、銀杏を煎ってくれ。焙烙の使い方は教わったかい？」

「まだです」

「ならちょうどいい。おうめ、とめ吉に焙烙の使い方を教えてやってくれ。おやす、いつもの玉子蒸しよりも浅くて口の広い碗はねえかい。蒸すのに使えるやつだ」

「小さいほうの煮物碗なら」

「それでいい。蛤の塩出しは済んでるな？　碗に出汁と卵をといたもんを張る。玉子蒸しのように深く入れねえでいい。そこにしらすを散らし、銀杏を一つ二つ並べて蒸すんだ。蛤は焙烙に入れて酒をかけて、蒸し焼きにする。蒸し過ぎると身が縮んで台無しになるから気をつけるんだぜ。ま、おやすはよくわかってるな」

政さんの考えている料理の姿がやすにも想像できた。

しらす入りの玉子蒸しの上に、蛤を載せる。むき身の蛤と一緒に玉子を蒸さないのは、蛤に火が通り過ぎないようにするためだ。玉子は玉子で蒸して、その上に、ぎりぎりに火を通した蛤を載せるから、蛤の旨味が玉子と絡んで、きっと絶品になる。

「蛤を殻から外したら、焙烙に残った汁の味をみて、醤油をほんの少し垂らして鼈甲あんを作るんだ。足りねえようなら出汁も足していい。玉子が蒸しあがったら蛤を載せ、あんをかけて出す」

「やだ、聞いてるだけで生唾が出て来ちゃったよ」

おうめさんが言ったが、やすも味を思い描いて唾を何度ものみ込んだ。

蛤の玉子蒸し、これなら主役にできる。

「膳に並べる時に、玉子蒸しと鰹を斜めに置いて、どちらも主菜でございます、ってなふうにするといい」

「政さん、吸い物はどうします？」

おうめさんが訊いた。

「お麩がありますよ！」

とめ吉が元気よく言う。

「おいら、今日、乾物の残りを帳面に書き出したんです。平たいお麩がたくさん残ってました」

「おう、板麩があったか。それでいこう。板麩の吸い口なら木の芽でいいな」

「おいら、裏から木の芽、取って来ます」

とめ吉は嬉々として勝手口から飛び出して行った。高潮をかぶって枯れたと思っていた山椒が、今年は若々しい葉を出し、花も咲いた。

夏の入り口にふさわしい、見た目も愛らしい膳になった。玉子の黄色、青菜の緑、芹人参の赤。味もそれぞれ、あっさりとして品が良く、それでいて季節の香り、旬の風味でいっぱいだ。

初鰹は味ではなく、季節を味わう魚。

桜が散って弥生となり、卯の花が咲いて卯月になった。間もなく皐月、そして水無月。日々風が変わる。

料理をしていると、季節の移り変わりが本当に面白く思える。

五　心配事

爽やかな新緑の季節がのどかに過ぎて行った。紅屋の客入りは好調が続き、台所は連日大忙しになった。とめ吉の日々の成長は目を見張るものがあり、今ではやすが何も言わなくても、必要なことを先んじてやってくれる。一度教えられたことは、自分で何度も辛抱強く繰り返して覚えている。目端のきく子供ではない分、とめ吉の仕事には真心がこもっているとやすは感じる。

一緒に寝起きしていた時は感じなかった、体の成長も驚くほどだった。背はずんずんと伸びて、肩幅も大きくなっている。とめ吉は、思っていたよりも大柄な男になるのかもしれない。

おうめさんもすっかり、紅屋の台所に馴染(なじ)んでいる。少々雑なところはまだあるが、紅屋の料理に何が求められているのかは理解し納得したようで、初めの頃のように、一膳飯屋の流儀にこだわる様子もなくなった。

そして一つ、驚くことがあった。桔梗(ききょう)さんが裏庭に姿を見せるようになったのだ。奥に行って若奥さまにお会いしてくださいと何度頼んでも、桔梗さんは首を横に振る。そのくせ、何か用があるわけでもないのに、松林でみつけた松露(しょうろ)などを持って、裏庭の平石に座ってやすを待っていた。

やすは、その日のお八つや麦湯を桔梗さんに持って行く。桔梗さんは代わりに、松露だの、拾った貝殻などをやすにくれた。さほど長居をするわけではなく、話が弾むということもない。ただなんとなく、やすは桔梗さんの隣に座り、二人で麦湯を黙って飲んだりしていた。

おそらく、桔梗さんには心をゆるせる友というものがいないのだろう。気ままに出歩いていることからして、年季が明けて相模屋に借金はない、というのは本当のことなのだろうが、かと言って、お女郎から足を洗うそぶりもないというのは、なんだか不思議な気がする。養わないとならない子や親がいるわけでもないのに。

やすはお女郎の暮らしに通じているわけではないが、飯盛り女の花代は遊郭の花魁(おいらん)と比べたらとても安いそうなので、桔梗さんが稼げるお金というのも、さほど多いとは思えない。それでも相模屋を離れずにいるということは、もしかすると、馴染みのお客に桔梗さんの「いいひと」がいるのかもしれない。

「この桜色の貝はとても綺麗なので、これで何か作りますね」

やすが言うと、桔梗さんは首を傾げた。

「そんなもので、何が作れるの?」

「端切れで巾着を作って、これを縫い付けようと思います」

「縫い付けるって、貝に針は通らないでしょう」

「へえ、キリで小さな小さな穴を開けます。その穴に糸を通しましょう」

「それなら、今度もっと拾って来るわ。たくさん縫い付けたら可愛いと思う」

「へえ、きっと可愛いですね」

「おやすさんって、手先が器用なのね。羨ましい。あたしは針仕事なんかぜんぜんだめ。ちゃんと母親に教わらないといけなかった年頃には、もう、岡場所でかむろの真似事させられたからね。かむろなんて、吉原じゃあるまいし、笑っちゃうわよね。それでも子供がいると店が和むって、子供をおいてるとこは多いのよ。お客の方は、手つかずの子供の時に目をつけておいて、あわよくば水揚げをなんて思ってるし」

桔梗さんは肩をすくめた。

「おやすさん、あたしが足を洗わないの、変だと思ってるんでしょう」

「いいえ、そんなことは」

「嘘おっしゃい。だめよ、あんたは嘘つくと顔に出るんだから。それについては、前にあんたに言ったことも本当なのよ。相模屋にいると、世の中がどうなっているのか、何が起こっているのかがよくわかる。男ってのは、女郎に頭がついてるってこと忘れてるから、女郎の前ではべらべらとよく喋るのよ。聞いたところでわかりゃしねえ、って。それが面白くて、やめられないのは本当。でもね」

桔梗さんは、ふう、とため息をつく。

「もう一つ理由はある。女郎をやめて、それからどうしたらいいのか、何をして生きていけばいいのか、それがわからないの。針仕事もだめ、料理もできない、それどころか、部屋の掃除だってろくにしたことなんかありゃしない。女郎に自分の部屋なんてもんはないものね、寝るのは客の寝床だし、起きたら大部屋でごろごろするばかり。字は少し覚えたのよ。恋文くらいは書けないといけないと思ってね。とは言ってもね、恋文の代書屋ってのが出入りしてるから、自分で考えたり書いたりする必要はないんだけど」

そんな商売があるのか。やすは面白いと思った。恋文の代筆をするくらいだから、美しい女文字が書けて、客を喜ばせる言葉もたくさん知っているのだろう。

「なんにしても、相模屋を出てさてどうやって食い扶持を稼いだらいいのやら。この歳じゃ、後ろ楯もないのに奉公には出られないだろうし、そもそも女中仕事なんか何もできないんだから、奉公なんかしたってすぐに嫌になって飛び出しちまうのはわかりきってるもの」

桔梗さんは、また大げさにため息をついた。

「あたしもいい加減年増だからねぇ、この先女郎を続けても、花代は安くなる一方、しまいには落ちぶれるか、その前に瘡毒にやられちまうか。どう転んでもいい死に方はできそうもない。だからその前に、ちゃんと生きていけるようにしないとってのはわかってるのよ。ただね、何をしたらいいのかがわからない。困ったもんだわ」

「何か好きなことはありませんか」

「好きなこと？」

「へえ。踊りが好きなら、芸者になるとか。三味線が好きなら、三味線のお師匠になるとか」

桔梗さんは笑った。

「芸者になれるようなまともな踊りなんか踊れやしませんよ。三味線も少しはやれるけど、お師匠になれるのは芸者あがりじゃないと」

「これからお稽古すれば、上手になれると思います」

「そのお稽古代はどうやって稼ぐのよ。月々のお代を払って師匠に稽古をつけてもらうのは、そこそこお金がかかるのよ」

桔梗さんは、面白そうに笑った。

「まったくあんたって、しれっと気楽なことを言うわね。まあ仕方ないか、子供の頃から台所しか知らないんだから」

桔梗さんは、足を所在無くぶらぶらと揺らした。

「本当はね……身請けしてくれないかなぁ、と思ってる男がいるの。文無しだけど、どうせもう借金はない身だから、相模屋には謝礼程度を払えばいいんだし。女郎をやめて嫁になれと言ってくれるんだったら、今日にでもそうしたい。でもね……言っちゃくれないのよ。嫁をとる気なんかまるでない男だから」

やすは黙って下を向いた。思い通りにならないのは、恋の常。

「それに、ちょいと心配事もできちまってね」

桔梗さんの口調が少し変わる。

「心配事ですか」

「うん。まああたしが心配したってどうしようもないんだけど。おやすさん、大老って知ってる？」

「ご大老さまですか？　千代田のお城にいらっしゃる、公方さまにお仕えされているとても偉いお方ですよね？」

「そうそう、すごく偉い人。瓦版読んでない？　その大老が、代わったの」

「……そう言えば、男衆がそんな話をしてました」

「井伊様っていう、彦根の殿様が大老になったのよ。上様直々のご要望だとかで」

「上さまが信頼しておられるお方なんですね」

「まあそういうことでしょうね。この井伊って人が、どうもね……水戸藩や薩摩藩が嫌いみたいなの」

「はあ」

　やすにはそうしたことはまるでわからない。ただ、薩摩と聞いて、おあつさまのことが思い出された。

「水戸さまや薩摩さまが、何かそのご大老さまのお気に召さないことをされたのでしょうか」

「されたのよ。と言うより、しようとしてたの。どうもね、そのことが大老に知られちゃったみたいで。この先、報復があるんじゃないかって……」

　桔梗さんのいいひと、は、水戸藩か薩摩藩の藩士なのだろうか。

「あたしが気を揉んでもどうかなることじゃないんだけどね。ここだけの話、公方様はお体がお弱い、まだ後継も生まれていないのに、次の上様は誰になるんだって、ずっと世間が騒いでたでしょ」

「へえ。紀州さまか、一橋さまか、というあれですね？」

「井伊様って人は、紀州様を推してるって噂がある。もちろん決めるのは公方様だろうけど、一橋派の水戸や薩摩は、紀州様が将軍になったら、多分まとめて追い出される……」

「お、追い出されるって、どこからですか。水戸さまや薩摩さまは、お江戸にいられなくなるのでしょうか」

「さあ、どうなるのかしらね」

桔梗さんが立ち上がった。

「世の中がまた騒がしくなりそうよ。旅籠商売には関係ないのかもしれないけど。じゃあ、またね」

桔梗さんはいつものように、足早に去って行った。

今日は随分たくさんお喋りなさった。それだけ、胸にしまっていることがたくさんあったのだろう。不安なのだろう。

薩摩さまが江戸から追い出されたりしたら、おあつさまは大丈夫なのだろうか。進之介さまは？　お国へ帰って、二度と品川には来られなくなるのだろうか。

「瓦版は読んだけどね、あたしらにはあんまり関係ないと思うよ」

おしげさんにご大老さまのことを訊いてみたが、おしげさんは興味なさそうだった。

「ご大老ってのは、幕府の頭だろ？　あたしら町人の生活のことなんか、かまっちゃいられないよ。それより、めりけんをどうするんだとか、えげれすだのなんだの、他の異国とのこととかさ、やらないといけないことが山ほどあるだろうし。ただ、これで上様の跡継ぎは紀州様に決まっただろうって、瓦版にも書いてあった。井伊様ってのは開国派なんだって」

「開国派」

「そう、つまり長崎以外のところにも外国の船が入れるように港を開いて、和蘭と清国以外の国とも商売することになるわけ。この品川にもきっと、異人が今よりもっとたくさん来るようになるんだろうね。もしかすると泊めてくれって偉人のお客も来るかもしれない。あたしらも、えげれすの言葉なんかを喋れるようにならないとだめなのかねぇ。あたしゃこの歳でまた手習いに通うなんてのは、まっぴらなんだけどね」

「井伊さまは水戸藩と薩摩藩がお嫌いなんだそうですよ。水戸さまと薩摩さまがお江戸から追い出されることになるかもしれないって」

「まさか、水戸様は御三家様だよ。江戸から追い出すなんてできっこないじゃないか。一橋様だって水戸のお人なんだし。薩摩様はわからないけどね」

「どうしてですか」

「だって薩摩藩は外様だもの。関ヶ原で権現様に刃向かった西軍だからね」

「そんな、遠い昔のことなのに」

「遠い昔だって今に続いてるってことさ。でも江戸から追い出されたって、薩摩様は平気だろうけど。噂だと、薩摩様は琉球を通して南蛮や清国と商売して、とんでもなく儲けてるって。その儲けた金で大筒やら鉄砲やら、武器を買い集めてるなんて物騒な話まで流れている。ご大老がどんなに偉くたって、薩摩様を無闇に怒らせていいことはないだろうね。だけど薩摩様にしても、江戸から遠くて幕府の目が届きにくいから好き勝手に商売できるわけでさ、それってつまり、幕府は見て見ぬふりをしてるってことだろ。お互い様なんだよ、きっと。だから薩摩藩は幕府に武器は向けないだろうし、幕府だって薩摩藩をお取り潰しにすることなんかできない」

「水戸さまは薩摩さまとは違うんでしょうか」

「まるで違うと思うよ。水戸様は尊王攘夷、異国と戦になってもいいから、異国をこの国に入れない、そういう考えの藩だからね」

おしげさんは、ぶるっと身震いした。

「異国と戦だなんて、冗談じゃないよ、まったく。戦になっちまって勝てればいいけど、負けたらどうなっちまうんだい。それこそ異人がわーっと入って来て、家も店もみんな取られちまう」

やすも怖くなった。

「負けてしまいますか、異国と戦をしたら」

「そんなこと、あたしにはわからないよ。だけどさ、戦にならないで済むんだったらそっちの方がいいね。紀州様はまだほんの子供らしいけど、開国派のご大老がついていれば戦にならないようにうまくやってくれるんじゃないの？　せいぜい、それを期待しておくよ」

公方さまはまだご存命なのに、おしげさんまでが、もう次の上さまのことしか考えていない。やすは、千代田のお城の中にいる公方さまがお気の毒でしかたなかった。生来ご病弱な上に、二人までも奥方さまを亡くされて、御代の間に黒船が来て。

どうか公方さまが長生きされますように。

皐月に入ると雨の季節になった。食べ物はすぐに黴が生えたり傷んだりするので、台所の掃除はこまめにしなくてはならず、夕餉の献立にも気をつかう。雨の中を歩き通して来たお客は体が冷えているので、汗ばむような日でも、雨が降っていたら熱いお茶をまずお出しして、体が温まる生姜を使ったお菓子などを添える。逆に晴れると暑くなり、お客の体は熱を持つので、麦湯と青梅の砂糖漬けなど、それに塩気のあるものを少し添える。汗をかいて歩いて来れば、塩がほしいものだろう。佃煮(つくだに)は人気のお茶うけだ。

梅仕事も始まっているので、八つ時には部屋付き女中も一緒に、青梅のへたを取る。片手でも食べられるお八つ作りは、おうめさんととめ吉の仕事になった。

端午(たんご)の節句を過ぎると、へたを取る梅が青から黄色に変わってゆく。青梅は砂糖に漬けるが、熟した梅は梅干しや梅漬けにする。それにつれて、日はどんどんと長くなり、暑さも増して来る。

けれどやすは、雨の季節が嫌いではなかった。この雨が、田畑を潤して豊作に繋(つな)がる。山の緑も雨を受けてよりいきいきと濃くなっていく。

だが部屋付き女中たちは、雨で洗濯物が乾かないとこぼしていた。

紅屋では、お客が着る浴衣(ゆかた)などは洗いもの屋に任せている。旅籠を回って浴衣などを集め、洗って乾かして、ぴしりと糊(のり)をきかせ、しつけ糸をつけて返してくれるので、お客に出す浴衣は気持ちよく仕上がっている。が、その他のものは部屋付き女中が洗うことになっている。ほとんどは二階に住み込んでいる奉公人の洗濯もので、その他に奥の方々の洗濯物もある。やすとおうめさん、それにとめ吉は、自分のものは仕事の合間に自分たちで洗っているが、奉公人には男衆もいるので、洗濯物の量はばかにならない。見習いの身分だった頃には、やすもよくその洗濯を手伝った。

雨が続くと洗濯ができず、男衆の褌も換えがなくなる。

「おいらも、もう褌がありません」

とめ吉は真面目な顔で言った。

「もうずっと、同じのをしめてます」

「あらまあ。そんなことしてたら、またの間に黴が生えちまうよ」

おうめさんが笑った。

「さらしで一本褌てわけにはいかないが、古い手ぬぐいならたくさんとってあるから、あんたの褌くらい作ってあげられるよ」

「ほんとですか？　嬉しいな！」

とめ吉は、そうした時に心から嬉しそうな顔をする。給金が出ず、欲しい物があっても誰にもねだれない小僧の身にとっては、どんな物でも自分の持ち物がひとつ増えるのは、とても嬉しいことなのだ。

　その晩から、やすとおうめさんは寝床に入る前に褌を縫い始めた。ついでにおしげさんから、男衆の浴衣の古くなったものをもらって、とめ吉用に仕立て直した。とめ吉はずんずんと背が伸びてしまうので、去年の夏にいただいたおさがりでは、もう丈が足りない。

「料理と違って不得手だけど、たまには縫い物もいいもんですね」

　おうめさんが言った。

「ひとり身になっちまってからは、繕（つくろ）いものも減っちゃって。男ってのはどうしてあんなに、いろんなとこ破いちまうんだか。亭主の繕いものを、毎晩ちくちくと縫っていたのがね、懐かしく思い出されるんですよ」

「仲のいい、ご夫婦だったんですね」

「へえ、まあね、好いて一緒になった相手だから。それでも喧嘩（けんか）も随分しましたよ。あたしもご承知のように頑固でしょ、それで亭主もなかなか、折れない人だったから。そんな喧嘩まで、今となっては懐かしいんです。ここに来る前は、周囲の人から口を揃（そろ）えて、誰かに嫁ぐのがいちばんだと言われました。女ひとり、この先生きていくのは大変だからって。実際あたしさえその気になれば、いい人を紹介してもらえたと思います。けどねえ……どうにもその気にはなれなくって。子供がいるんだから、そうした方がよかったんだろうけど」

「無理をして誰かに嫁がなくても、いいと思いますよ。おうめさんは立派にやってるんですから。きっと、お子さんとまた一緒に暮らせるようになりますよ」

「それだけが、今のあたしの願いなんです。とにかく政さんに認めてもらって、紅屋のお勝手女中としてこの先もずっと働けるようになりたい。そうしたら、娘をひきとって長屋で暮らします」

「娘さんなんですね」

「へえ。おしん、と言います。まだ三つ。でもあと三、四年もすれば、あたしが働いている間、長屋で留守番もできるようになるでしょ。娘にはしっかりと習い事をさせて、いずれ奉公に出すにしても、ちょっとでも高いお給金のいただけるところに出してやりたいんです。それも紅屋のように、奉公人を大事にしてくれるところに。おやすちゃんは本当に運がありましたね。最初からこんないいところに奉公に出られて」

まったくその通りだ、とやすは思った。自分は運が良かったのだ。

さらに月が替わり、日が流れ、水無月、そして文月となった。

陽射しは一層強くなり、日中は外にいると暑さで頭がぼんやりして来ることもある。けれど、砂村の胡瓜、大森の西瓜、寺島の茄子など、夏に美味しくなるものも多い。夏の野菜は体を冷やしてくれる。やすは毎日考える夕餉の献立にも、夏の野菜をふんだんに使おうと思っていた。

日が落ちる少し前に、部屋付き女中が紅屋の前に打ち水をする。大通りに面したどの旅籠、どのお店でも打ち水をするので、大通りを歩く人々には涼しく感じられるだろう。それにならって、やすは裏庭に打ち水をすることにしていた。裏庭に人がいることは滅多にないのだが、裏庭が涼しくなると、台所にも涼風が流れこんで来て気持ちがいいのだ。

手桶に水を汲み、柄杓で撒いていると、海の方から誰かがこちらに向かって来るのが見えた。

「幸安先生！」

町医者の幸安先生が、草地の間の細い道を辿って近づいて来た。

「海からいらしたんですか」

「ああ、おやすさん。こんにちは。ええ、海辺を歩いておりました。あまり暑くて、ちょっと足でも海にひたそうかなと」

やすは思わず笑った。

「海の水は、ぬるくありませんでした？」

「そうなんですよ。ぬるいどころか熱いくらいで」

同じような会話を、一年ほど前に若旦那（わかだんな）さまとしたことが思い出された。

「海ではだめですねえ。川でしたら水に入れば涼しいんですが」

「川には入るものではないと言われておりますよ。迂闊（うかつ）に入ると河童（かっぱ）に尻子玉（しりこだま）を抜かれるとか」

あはは、と幸安先生は笑った。

「川で遊ぶと溺（おぼ）れてしまうことがありますからね。帰る前に、ちょっとひと休みさせてもらってもいいでしょうか」

幸安先生が平石に向かって歩き始めたので、やすはその袖（そで）をひいて止めた。

「海の水すら温まっているほどですから、石も焼けておりますよ。座ってもお尻が熱いと思います。よかったら中にお入りください。麦湯がありますから」

「よろしいんですか。もう忙しくなる頃でしょう？」

「へえ、でも構いません。今夜の支度はおおよそ済んでおりますから。畳はこれから御膳を並べるので、空樽（あきだる）に座っていただくことになるのですが」

「申し訳ない。助かります」

幸安先生を招き入れ、樽に座っていただいた。麦湯と、お八つの残りの水饅頭（みずまんじゅう）を出す。

「いや、お菓子までいただいては」

「余ったものですから、どうかご遠慮なさいませんよう」

「ですが、あとで小僧さんが食べるのではありませんか？」

「とめちゃんは八つ時に四個も食べました。あまり甘いものばかり食べるのも体に良くないので」

「へえ、おいら、もう水饅頭はいりません」

とめ吉が言った。

「美味しいんで四つも食べちまったら、なんだかまだ腹がへらないんです。せっかく今夜の賄いはあさり飯なのに、この分じゃ、おかわりが食べられません」

とめ吉は、大真面目にしょげている。やすも、幸安先生も大笑いした。

「先生もよかったら、召し上がってくださいさい。紅屋のあさり飯は炊き込むのではなくて、むき身を出汁と醤油でさっと煮て、煮汁ごと白飯にたっぷりかけるんです」

「それは美味しそうだ。ですが、そこまでご馳走になるわけにはいきませんよ。せんだっても豚の煮たものをわざわざ持って来ていただいて。あれは美味かったなあ」

「せんだって、などと、あれは去年のことではありませんか。賄いでしたらいつでもいらしていただければ、召し上がっていただけますと言いましたのに、先生、ちっともいらしてくださらなくて。幸安先生にはおしげさんはじめ、みんなお世話になっております。どうかご遠慮なく、召しあがってくださいまし」

「あたしらが食べるのはお客さんの夕餉が済んでからですけどね、先生には先にお出ししますよ」

そう言いながら、おうめさんはもう、丼に飯をよそっていた。

幸安先生はそれでも遠慮したり恐縮したりと断っていたが、あさり飯が目の前に出されると、ごくり、と唾をのみ込んだ。

「さあ先生、ささっと食べてみてくださいよ」

おうめさんが言う。

「味見役だと思えばいいじゃないですか。それとも昼餉が遅くて、まだお腹がすいてないんですか？　ここのあさり飯は本当に美味しいんだから、お腹いっぱいでも食べられますよ」

そこまで言われて、幸安先生はようやく箸を持った。

「う、美味い！」

食べ始めるなり、そう叫ぶ。

「これは本当に美味いなあ。いや本当は、腹が減ってもいたんです。今日は江戸の向島まで行っていたんですが、忙しくて昼餉を食べ損ねてて」

「まあ、それでしたら他のおかずも出しましょうか」

「いえいえ、とんでもない。これで充分です。これだっていつもの夕餉と比べたら贅沢すぎます」

「お味はどうですか。甘辛が過ぎてくどくはありませんか」

「ちょうどいいと思います」

「暑い日でしたので、みんな汗をかいていますから、少し塩を多くしているんです」

「わたしも歩いて来てたっぷり汗をかきましたよ」

「向島まで診察に行かれたのですか」

「助っ人です。医者仲間が向島にいるんですが、手が足りないので来てくれないかと」

「大きな治療院なのですね」

「いいえ、わたしと同じ徒歩医者ですよ。なので患者が多すぎて、一人では何日かけてもまわり切れないと文をよこしたんです」

「まあ。そんなにご病人が……」

幸安先生は、食べ終えた丼をやすに手渡して、眉根を寄せた。

「噂は聞いておられませんか。どうも、この夏は大変なことになりそうです。……ころりが流行り出してしまったんですよ」

「ころり！」

おうめさんが大きな声を出した。

「それって、かかったら助からない病じゃないですか！」

やすも驚いた。ころり、のことは聞いたことがある。前に流行ったのはやすが生まれる前のことだが、その時も大変な数の人が亡くなったらしい。

幸安先生は、悲しそうな顔になった。

「みんながみんな、死ぬわけではありませんよ。中には助かる人もいます。ですが……難しいです。わたしも、自分の力のなさを嫌と言うほど思い知りました」

やすは、自分の指が震えているのを感じていた。

この夏は大変なことになる。

六　ころりと彦根のお殿様

お小夜さまが嫁がれた日本橋の十草屋は、薬種問屋の大店だった。もし江戸でころりが流行り出したのなら、お小夜さまはそのことをいち早くお知りになるだろう。それでなくても病がちなお子さまがおられるのに、ころりが流行る町などで暮らしていけるのだろうか。

やすは不安で不安で、思わず文を書いて飛脚に頼んでしまったが、文月の半ばになってもお返事は来なかった。

そうこうするうちに、品川にもころりの患者が出たと騒ぎになった。品川は宿場町、上方からの旅人も多い。ころりはどうやら、上方から江戸に向かって広がっているらしい。

「ころりにかかったら、本当に死んじまうんでしょうか」

とめ吉も不安げに訊く。やすは、ころりにかかった人を自分の目で見たことがない。以前にころりが流行ったのはやすが生まれるずっと前のことだったのだ。

やすは、とめ吉の不安を消してやるために、そんなことはない、死にはしないと言ってやりたかった。けれど、そんないい加減なことを口にして、あとでとめ吉をより悲しませることになるかもしれない、と、ぐっとこらえた。

「よくわからないの」

やすは正直に言った。

「確かに、ころりにかかると亡くなる人が大勢出てしまうと聞いているけれど、助かる人もいるはずよ。どんな病でも、体が弱っているとかかりやすくなるし、かかってしまってから重くなる。だからとめちゃんは、いつも以上によく食べてよく寝て、身体(からだ)を元気にしておきましょう」

「瓦版(かわらばん)、読んだかい」

おさきさんが、読売を一枚手にお勝手にやって来た。

「今度のころりは、長崎に入っためりけんの船から広がったんだってさ！　やっぱり異人が悪いもんを持って来ちまったんだ。そんなことになるんじゃないかって、心配してたのさ」

「なのにお上(かみ)は、めりけんの船のために港を開くって言ってるんですよね」

おうめさんが眉(まゆ)を寄せる。

「そんなことして、本当に大丈夫なんですかねぇ」

「まあお上がちゃんとお考えになってやることなんだから、そうそう間違いはないと思うけどねえ。でもころりだけは勘弁してもらいたいわよ。あれに効く薬はないって噂じゃないの」

「薬が効かないんですか」

　おうめさんはぶるっと身を震わせた。

「それじゃ、かかっちまったら死ぬしかないってことじゃないですか」

「中には助かって元気になる人もいるみたいだけど。ほら、小間物屋のてんま屋の女将、おさとさん。あの人は上方の出だって知ってるかい？　おさとさんのふた親は文政のころりで亡くなって、それで親類を頼って品川に出て来て、てんま屋に嫁に入ったんだそうだよ。けど父親の弟って人は、何日も寝込んだけど回復して、今でも上方で生きてるんだって」

「文政のころりって、三十六、七年も前のことですよね」

「おさとさんは当時、十五でね。兄さんがいたけどその兄さんも、ふた親と共にころりにやられちまったんだって、気の毒に。おさとさんはなんでだか、かからずに済んだんだって。今度のころりの噂でみんな、てんま屋に駆け込んで、どうしたらころりにかからずに済むのかおさとさんに訊いてるみたい」

「それって、ただ運が良かっただけじゃないんですか」

「うん、おさとさんもそう言ってた」

やすは、思わず噴き出しそうになった。誰かから聞いたふうをよそおっているけれど、おさきさん自身がおさとさんのところに駆け込んだようだ。けれど、それだけ、ころりに対する恐怖が品川を覆いつつあるということだろう。

「おさとさんがなんでころりにかからずに済んだのかは、おさとさんもわからないって。ただ、おさとさんが覚えている限りじゃ、かかって寝付いても回復した人は、叔父さん以外にもいたってさ。だからさ、ころりにかかったって、絶対に死ぬってわけじゃないんだと思う」

「話を訊くなら、その叔父さんに訊きたいですね。かかっても助かる方法がわかれば、びくびくしなくて済むんだし」

「上方にいるんじゃどうしようもないわねぇ。あ、おさとさんにお願いして、叔父さんに文を書いて訊いて貰えばいいかしら」

おさきさんは真面目な顔で言う。ころりが怖いのはやすも同じだけれど、おさきさんはことのほか怖がっているようだった。

ころりの噂話はおひれが付いて、日に日に大げさになっていく。かかったら治ってもひどいあばたが残る、というのは、疱瘡とごちゃまぜになっている話だろう。口がきけなくなるとか、歩けなくなる、などという噂もあったが、どれも伝聞の伝聞で、確かなことではないようだった。

ただ、どうしたらころりにかからずに済むかという話になると、噂は途端に萎んでしまう。人参を毎日煎じて飲めばかからない、というのはよく耳にするが、高価な人参をたくさん買うことのできる人など身近にはいないので、仮に本当だとしてもどうしようもなかった。それに、お大尽さまでもころりで死者を出している家もあるようなのだ。

「まあどんな病でも、体が弱っているとかかりやすいってのは間違いないだろうな」

政さんが言った。

「俺らにできることは、風邪ひいたり疲れたりして体を弱らせないようにすることくらいだ。しっかり食って、ぐっすり寝る。それしかないだろうよ」

「ころりにかからない食べ物ってのは、ないんでしょうか」

とめ吉が訊いた。

「それがわかったら紅屋の夕餉に出せば、大当たりがとれますよ」

「はは、そんなもんがわかったら、大当たりどころか、千代田のお城に召し出されて、徳川様お抱えの料理人になれるぜ」

「あら、だけど、江戸ではそれを謳って儲けてる料理屋や薬屋があるって話ですよ」

おうめさんが言った。

「ころりに効きます、って幟立ててさ、いろんなものが売られてるって」

「それ、いい加減な話だったらお上にお縄になりませんか」

やすが言うと、政さんは、苦笑いした。

「いい加減な話なのかそうでないのか、そもそもお上が判断できまい。ころりにかかれば全員死ぬなら、生き残った者が食ったかどうかで真偽はわかるが、何もしなくても生き残る者もいるし、長屋中で流行ってもかからない者もいるって話だからなあ。法外な値をつけてぼったくったり、もともとご禁制の物を密売したりすればお縄にできるだろうが、例えば、ころりに大根が効きますよ、と大根の煮物を売って儲けたとしても、だ、実際に生き残った者が大根の煮物が好物だったりすれば、あながちでたらめと決めつけられない。要するに、機を見るに敏、な奴らが不幸に乗じて少しばかり儲けを出したとしても、詐欺なのかどうかは見極めが難しいし、まぐれでもそれが正しければいいじゃないか、ということになる」

「だったら紅屋も、幟を立てましょうよ！　ひと儲けできますよ」

とめ吉が嬉しそうに言った。が、政さんが怖い顔をしたので首をすくめた。

「とめ、冗談でもそういうことは言っちゃいけねえよ」

政さんの声は静かで低く、だから一層、凄みがあった。

「前に言ったと思うがな、料理人ってのは、お客の命に直結する仕事なんだ。千代田のお城を引き合いに出すまでもなく、世の中にはな、毎日毎日食べるもんに毒が入ってないか心配しないと生きられないお人もいる。そうしたお人の為にお毒味役というのもいて、万が一毒が入ってるものを口にしてしまえば、お毒味役は死んじまうんだ。命を懸けた仕事ってわけだ。けどな、考えてみたら殿上人でなくたって、俺ら町人だって同じことだ。台所に不届き者がいて、出す料理にちょいと毒を仕込んじまったら、食った俺らだって死ぬんだ。食べものを口にするってのは、そうやって、毎回毎回、知らずに命を懸けてるってことなんだ。なのに俺らは気軽に食い物を口にする。それはなんでだと思う？」

政さんは、静かにふっと息を吐いて続けた。

「それはな、俺らが、出て来る料理を作る者のことを、信頼しているからなんだ。ことのほか強くそう思ってるわけじゃねえよ。いつもはそんなこと考えてもみないだろうさ。だけど、考えてなくたって信頼してるから、平然と出されたもんを食うことができる。紅屋に限ったことじゃねえ。煮売屋から芋の煮っころがしを買う時だって、俺らはみんな、その芋に毒なんか入ってねえといつの間にか信じてる。信じてるから食うことができる。居酒屋でちょいと一杯引っ掛ける時だって、出て来た玉子焼きにも刺身にも、煮魚にだって、毒なんか入ってねえと思い込んでる。それが作り手への信頼ってもんなんだ。つまりな、とめ。俺ら料理人、お勝手で働くもんはみんな、そういう信頼に支えられてるってことなんだ。だからこそ、料理人は、お勝手で働く者はみんな、嘘（うそ）つきじゃいけないんだ。たとえ害のない嘘だとしても、食いもんのことで嘘をついたら、絶対にいけない。食ってくれる人を裏切ることになる。ころりに効く食いもんは、おそらく世の中のどこかにはあるんだろう。あるいは、俺らが毎日食べてるもんの中にだって、ころりに効くものはあるかもしれない。だけどな、そうだと判（わか）ってもいないのに、そうだと嘘をついてそれを誰かに食わせることは、言ってみりゃ、毒を入れてるのと同じなんだよ。そんなことやって儲けなんか出ても、そいつは料理人失格だ。他人の口に入るもんを売る資格はねえ」

政さんの口調があまりに真剣で、やすもおうめさんも、身がすくんだ。とめ吉は目に涙を浮かべている。

「泣かなくていい。ただ、金輪際、食い物のことで嘘つきにならねえって心に思ってくれたらいい」

政さんは、とめ吉の頭にそっと手をのせた。

「俺だって真正直な人間なんかじゃねえ、しょうもない嘘はつく。ただ、食い物のことでそれはやらねぇ。絶対に、だ。わからねえなら、わかりませんと言う。知らねえなら、知りませんと言う。ころりに効く食い物のことはわからねえ、知らねえ。だから、幟は立てちゃならねえ。それだけのことだ。その代わりに、大根なら喉にいいとか、生で食えば魚にあたりにくくなるとか、餅をうっかり食いすぎて腹が重たい時にはおろし大根を飲むと胃の腑が軽くなるとか、そうした、わかっていること、知っていることなら幟にでもなんでも立てて、売り物にすればいい。まあ大根じゃみんな知ってるから儲かりはしねえだろうが」

政さんはやっと笑顔になった。

「なあ、とめ。紅屋は、ころりに便乗しなくたってちゃんとそこそこ儲かってるし、これからだって精進して、こつこつ評判を高めて、おまえさんが給金をもらう歳になる頃にはきっと、紅屋の奉公人は給金が高くていいなあ、と言われるようになるさ。

この、紅屋の台所には、それだけの力があると俺は思ってる。そしてな、その中にはおまえさんも含まれているんだ。おまえさんも、紅屋の台所の立派な力だ。つまらねえ嘘なんかつかなくたって、俺たちはやっていける。それを忘れないでいてくれるな？」

へい、と、とめ吉は洟をすすりながらうなずいた。

ころりの流行りに怯えながらも、江戸では大川の花火が上がり、大山詣でも相変わらずの盛況で、暑い夏の最中でも品川宿は賑わっていた。だがころりの他にも心配なことがあった。卯月に大老にご就任あそばされた彦根藩主井伊直弼さまが、一橋派の方々をことごとく排除されているという噂だった。やすは、男衆から瓦版をもらって読んでみたが、何が起こっているのかもう一つよくわからなかった。ただ、一橋派の方々が次々と、ご謹慎やご隠居だのと厳しい沙汰をくだされているということはわかった。

紅屋は、特に政や藩のあれこれにこだわった客選びはしていない。ただ、お武家さまよりは商人の泊まり客が少し多い。旅籠の宿賃は宿場でほぼ決められていて、紅屋も他の同じくらいの旅籠に比べて特に安いことも高いこともないのだが、大旦那さまが、つけ払い、帳面払いを一切受けないと決めているので、普段から銭を持ち歩く商人の客が自然と多くなる。それでも藩命で江戸とお国を行き来するお武家さまも時折は泊まられる。そんな中には、薩摩や水戸の方々もいた。

一橋さまはもともと水戸のご出身なので水戸藩が一橋派なのは当然なのだが、薩摩藩や越前福井藩なども一橋派であるというのが、やすにはよくわからなかった。越前の方々が品川にお越しになるときはもっぱら遊郭遊びでいらっしゃるので紅屋とは縁がないが、薩摩藩の方々は、紅屋にも、あるいは百足屋にもお泊まりになる。

ご大老さまのなさりようは大層厳しく、ご就任後、すでに大勢の方々が投獄されているらしい。

やすは、桔梗さんの心配が当たってしまったのだ、と思った。

お八つのあと、珍しく番頭さんが裏庭の平石に座って煙草をのんでいたので、やすは麦湯を持って行った。

「おや、ありがとう、おやす。暑くてもいいなら、あんたもここに座って麦湯を飲んだらいい」

番頭さんはお尻をずらして場所を空けてくれた。

「お珍しいですね、番頭さんがここで煙草をのまれるのって」

「うん、たまにはね。この暑さでここに座る奉公人もいないだろうと思ってね」

「誰かいるといけないのですか」

「いや、いけないというんじゃないよ。ただまあ、誰だってひと息ついてる時くらいは、上役の目の届かないところにいたいもんじゃないですか。わたしはみんなから見たら、小うるさい上役です。できるだけ、みんなが寛いでいるところには顔を出さないようにしようと思っているんだよ」

「わたしは、番頭さんと以前のようにお話ししたいです。昔は字を教えていただいたり、権現さまより昔の日の本のことを教えていただいたりしました」

「本当はおまえさんを手習い所に通わせてやりたかったんだが、お勝手の仕事は途切れなくあるからねえ。わたしの知識では、充分に学ばせてやれなくてすまなかったね」

「とんでもないです。今、わたしが本を読めるのは番頭さんのおかげです」

「おやすは本が好きらしいね。政さんが、手に入れた料理本はみんなおやすが読んでしまったと感心してましたよ」

「わからない字は政さんが教えてくれます」

「本好きはよいことだが、寝る前に暗いところであまり読むと、目を悪くしますよ。目が近くなると眼鏡をあつらえなくてはならないが、あれはね、どうも、若い娘さんには不似合いです」

「眼鏡だなんて、あんな高価なものはいりません。目を悪くしないように、夜はあまり読まないようにいたします」

「そう言えば」

番頭さんは少し声をひくめた。

「せんだって、ここで相模屋の桔梗さんとおやすが話しているのをちらっと見た気がするんだが。おやすは、桔梗さんと知り合いかい？」

「あ」

やすは、少しどぎまぎしたが、番頭さんに嘘はつけなかった。

「へえ」

「そうかい」

番頭さんは、少し考えていたが、静かに言った。

「奥のご夫婦と、桔梗さんとのことは知っているんだね？」

やすは黙ってうなずいた。

「まあ、それならいい。おやすのことだから、軽はずみなことはしないでしょう。やすも、百足屋のおひいさまが嫁がれてから、同じくらいの年頃の友達がいなくなってしまったしね」

「桔梗さんはだいぶ年上です。おうめさんのほうが歳は近いです」

「ああ、そうだった。おうめとはうまくやっているようだね」

「へえ、楽しく働いております。おうめさん、とてもいい方です」

「明るい人だね。けれどとても苦労して来た。せっかく開いた店とご亭主を高潮で失って、可愛いさかりの娘さんとも離れて暮らさなくてはならない。わたしも、おうめには幸せになってもらいたいと願ってますよ。まずは小金を貯めて、里に預けている娘さんをひきとって一緒に暮らせるようにしないとね。しかしなかなか、借金もあることだし」

やすは驚いて思わず番頭さんの顔を見てしまった。おうめさんに借金があるというのは知らなかった。

「一膳飯屋を開く時にご亭主が借りた金を、今でも少しずつ返しているんですよ、おうめは。大旦那様は、どうせならうちがその借金を肩代わりしてやろうとおっしゃってくだすったんですがね、おうめが断った。年季奉公の形にすればいいことなんだが、紅屋さんに情けをかけていただく筋合いもありませんから、ってね。あれであの人は、なかなか根性がある。ま、大丈夫、心配はいりません。何があっても、一度うちの奉公人となった人のことだ、きちんと紅屋が面倒をみます。それになかなか役に立つ人のようだから、藪入り(やぶいり)のあとで給金を上げてあげられると思います。そうすれば、娘さんと暮らせる日がまた少し近づくでしょう。もちろんおやす、あんたの給金も上がりますよ」

「いえ、今でも過分にいただいております！」

やすは焦って大きな声を出してしまった。

「はは、何をそんなに大袈裟(おおげさ)に。おやすは今や、紅屋の台所の要(かなめ)です。もし男の料理人だったら、今の倍ほどの給金でもまだ安いと言われてしまうだろうね。しかし申し訳ないんだが、女中の給金にも相場のようなものがあって、おまえだけ厚遇すれば他の女中たちから文句が出ます。しかしそのうち、正式に、おまえを女中ではなく、料理人として雇うことにしたいと若旦那様もおっしゃってますからね、機会をみて、料理人としてのお披露目(ひろめ)をすることになるでしょう。その時を楽しみにしていなさい」

「……本当に、そんなこと……わたしは、紅屋のお勝手女中として働いていたいです。今のままでもう充分です」

「おやす、おまえ、嫁にいくつもりはないそうだね」

番頭さんの口調がまた少し変わった。

「おまえはおしげのように、ここでずっと働きたいと言ってくれたと聞きました」

「……へい」

「だったらもう少し、欲を持ちなさい。嫁にいかない女が歳をとるということは、おまえが今考えているより、ずっと大変なことですよ。おまえが文をやり取りしている、団子屋を開いた、元武家屋敷のお女中」

「菊野さんのことですか」

「そうそう。その人だって、団子屋が出せたのは貯えがあったからでしょう？　おしげにしたって、あれでなかなかの倹約家ですからね、しっかりと貯えはしているはずです。どんなに紅屋に尽くしたところで、やがておいとまをいただく時は来ます。わたしだってその時は来る。その時に、頼りになるのは貯えだけですよ。しっかり働いて、それで給金が上がるのなら、堂々とそれをもらいなさい。そして貯えなさい。それがどれほど大事なことなのか、若いうちはわからない。が、時は矢のように過ぎ去ります。ふと気づけば、若く潑剌としていた時代は夢のように消えています。貯えがあれば、老いた身でも生きていく術はいくらでもある。貯えがなければ、他人の情けにすがるしか生きる術がなくなります。すがれる情けがあるのなら、すがるのも悪いことではないでしょう。しかし、自分の気持ちがそれでおさまるのかどうか。老いてから、他人の情けにすがるしかない自分を受け入れられるのかどうか。今からしっかり考えて、少しは欲を持って生きることをおぼえなさい。働いた分の給金を欲しいと思うことは、強欲ではありません」

　やすは、番頭さんの言葉を噛み締めてみた。自分に今、欲というものがあまりないのは、つまり先のことを真剣には考えていないからなのかもしれない。給金がいくらでも、欲しいものが特にないので気にならない。食べることにはここにいる限り困らないし、真新しい畳に行灯まであって、簞笥も使える分不相応な部屋で寝起きし、布団は打ちたてのふかふかとした綿という贅沢で、おまけに内風呂に入ることすらできるのだ。何の不満もあるはずがない。着るものも、年に一度は紅屋が仕立ててくれるし、年上の女中さんたちが古着をくれるので、充分に足りている。もらった給金の使い道と言えば、とめ吉を連れてお使いに出た折に冷や水や西瓜を買ってやるくらい、それに時々、小間物屋や生地屋を覗いて、袋物や端切れを少し買う。他に何か、買いたい、と思うものはなかった。料理のことが書いてある本はたくさん読みたいけれど、もとより本は高価で買うのは大変だったし、政さんが手に入れて貸してくれる本だけでも読み切れない。

そうして考えてみると、自分はなんと恵まれていることか。

けれど、年老いて紅屋を去る日のことまでは、正直、真面目に考えることがない。考えても仕方ないことのように思えるのだ。あまりに遠いことのようで、考えるのが面倒になってしまう。

「それはそうと」

番頭さんは、やすが黙ってしまったので気を取り直すようにまた口調を変えた。

「百足屋さんに出入りしていた、あの若い薩摩のお侍様、近頃どこかで見かけたかい？」

「……進之介（しんのすけ）さまのことでしょうか」

「そんな名前だったかな。いや実はね……ちょいと気がかりな噂を耳にしてね」

「へえ」

「本当のことなのかどうかわからないので、瓦版にでも出るまでは他の者に漏らさないようにしてくれないか。まあおやすは口が堅いから大丈夫だろうが」

「言うなとおっしゃるのでしたら決して言いません」

「そうだね、そうしてもらおうか。まあ本当のことだったら、近いうちに瓦版に出るだろうが。実はね……薩摩藩のお殿様、島津斉彬様がお亡くなりになったということなんだ」

やすは驚いて息をのんだ。

島津斉彬さま。さつま揚げを薩摩の名産にしたという、大層なご名君だったはず。まだそれほどのお年ではないと思っていたのに、いったいどうして？

「ご病気だったのでしょうか」

「さあ、詳しいことはわからないのだが。新しく大老になられた彦根のお殿様、井伊様と、将軍のお世継ぎのことで対立されていたようだが……お国元に戻られてのご急逝、おそらくご病気だったのだろうね。あるいはころりにでもかかられたのか」

「薩摩でもころりは流行っているのですね」

「もともと長崎から流行り始めたらしいから、薩摩にも広がってはいるのだろうね。しかし上方でのころりは峠を越えたという噂もある。他のご病気だったのかもしれないね。死因はともかく、薩摩は斉彬様でもっていると言われたほどのご名君であられたわけで、薩摩藩はさぞかし混乱しているだろう。それでなくても、井伊様が水戸様を幕政から追い出してしまわれて、一橋様まで御登城禁止を命じられたとかで、薩摩藩は苦しい立場に立たされてしまったようだから。まあ紅屋は、お武家様のお客はそう多くないし、どの藩に肩入れしているということもないので、特に影響はないのだが、ふと、あの若者はどうしているのだろうと思い出してね」

「……進之介さまは、斉彬さまのご命令でお仕事をされているようでした。薩摩と江戸の間を足しげく往復されたり、遠方にもよく出かけておられました」

「それなら今は、薩摩にいるのかね」

「このところ、お顔を見ておりませんので、薩摩に戻られているのかもしれません。あの……井伊さまというお方は、どのようなお方なのでしょうか」

「どのような、というと？」

「へえ……いくらお世継ぎのことで対立されていたとは言え、水戸さまに対するなさりようがあまりにひどいと、瓦版を読んだ者が言っていました。それに、まだ上さまがご存命であらせられるうちに、お世継ぎのことで対立するなどとはなんだか……」

「しかしお世継ぎのことは、とても大切なことです。上様はご病気がちでいらっしゃる。お世継ぎを決めておくというのは、当然のことですよ。確かに水戸様に対するご処罰は、行き過ぎているとの評がもっぱらだが。それと、これも他人の受け売りなんだがね、井伊様を筆頭とする紀州様を推す人々と、一橋様を推していた人々との対立は、単にお世継ぎの問題だけではなかったのではないかな」

「お世継ぎのことだけではない……」

「おやすは、攘夷（じょうい）、という言葉を耳にしたことがあるかい」

「へえ。夷狄（いてき）、つまり外国の人や船を日の本に入れないようにするという考え方ですね？」

「入れない、というか、入って来るなら戦って滅ぼす、くらいの強い意味だね。これまでそうして来たように、和蘭（オランダ）と清（しん）国以外の外国とは取引きをしない。港も開かない。この考え方の中心が、水戸様だと言われている。それに反して、井伊様は、めりけんとの交渉に臨まれ、条約も結んだ。もうすぐ港も開かれる。それを開国、という。おやすも聞いたことがあるだろう？　国を開く、と書く。寛永（かんえい）の頃より続けられていた鎖国という日の本の方針を変えることを、井伊様はご決断された。鎖国と言っても、おやすも知っているように、和蘭国と清国とは商いのやり取りがあり、長崎の出島（でじま）という限られた場だけであっても港は開かれている。そして和蘭国や清国との商いで、大儲けをしている商人もたくさんいる。おそらく井伊様たち開国派の方々は、この際二国以外の国とも商いをすることの方が、日の本の発展に繋（つな）がるとお考えになっているのだろうね」

「けれど、そうなるとあの黒船のように恐ろしい船が、たくさんやって来るということですよね」

「黒船が恐ろしい船かどうかは、黒船と戦うことになるかどうかで決まる。今、めりけんやえげれすは、港を開いて商いをしてくれと強く言って来ている。もしそれを断り続ければどうなるか。そうなると向こうは、力ずくで、と思うかもしれない。それこそ、黒船のように大筒を積んだ船がたくさんやって来て、江戸や品川に向かって弾を撃ち込むかもしれない」

やすは身震いした。

「井伊様たち開国派の方々は、そうなった時にこの日の本に勝ち目はない、と思っていらっしゃるのではないかな」

「そんな……日の本は、夷狄に奪われてしまうのですか！」

「いや、めりけんにしてもえげれすにしても、とてつもなく遠いところにあるらしいから、この国を奪い取るには相当な準備と金がかかるだろう。どちらの国も、あるいはふらんすにしても、できれば戦いなどせずに、商いだけして儲けたいと考えていると、わたしは思いますよ。だからこそ今、港を開いて諸外国と条約を結ぶ必要がある、それが井伊様のお考えでしょう」

「そ、それなら、その方がいいのではありませんか？　なぜ水戸さまは、外国と戦うなどとお考えなのでしょうか」

「それは、諸外国を信用できないと思われているからではないでしょうかね。そもそも、それまでは港に入ることをゆるしていた南蛮船を追い出したのは、なぜだか覚えてますか？」

「あ……耶蘇(やそ)教を広めるから、だと番頭さんに教えていただきました」

「そうです。太閤秀吉(たいこうひでよし)様が耶蘇教を嫌われて、耶蘇教を広めようとしていた宣教師たちを追い出し、権現様もそのお考えを踏まえられた。しかし太閤秀吉様が耶蘇教を嫌われたのは、耶蘇教の教えそのものがお嫌いだったというよりも、宣教師たちの存在が疎ましかったのだろうと言われています。宣教師たちはただ耶蘇教を広めるだけではなく、日の本のことについて逐一、本国へと書簡をおくっていたそうです。それはつまり、耶蘇教の宣教師たちは、密偵のような役割を担っていたということでしょう」

「……みってい？」

「ああ、おやす、まあいい、気にしなくて。今は知らなくてもいいことです。ただ、港を開いて商いをするということは、この国のことが諸外国に知れ渡ってしまうということでもあるわけです。攘夷派の方々は、それを何より心配しておられるのだと思います。不用意に国を開けば、この日の本という国のことが遠い遠い外国にまで知れ渡る。そうなれば、めりけんやえげれすよりたちの悪い国が、いっそ日の本を奪い取ってしまおうと攻めて来ることだってないとは言えません。さらには、港を開いて外国人がこの国に一斉に入りこんで来れば、我々の考え方や習慣をないがしろにされることもあり得ます。例えば、道端のお地蔵様を我々は大切にお守りしています。苔を落とし、花を飾り、手を合わせる。それは我々が子供の頃からして来たことであり、そうすることで心が穏やかになりますよね」

「へえ。辛いことがあっても、お地蔵さまに手を合わせれば気持ちが少し軽くなります」

「そう、そうしたことは、この国で生まれて育った者でないとわからないことです。わからなくてもそうしたことを大切に思ってくれるのならいいが、自分たちにわからないことは無駄なこと、必要のないことだと侮られるかもしれない。攘夷派の方々は、そうやって諸外国の者たちが日の本を侮辱したり、穢したりするのではないかと考えているようです」

やすは混乱していた。

番頭さんはできるだけ、やすにもわかるように嚙み砕いて話してくださっている。けれど、それではどちらに転んでも悪いことが起こりそうではないか。

国を開かなければ戦いになるかもしれない。戦ったら負けてしまうかも。

しかし国を開けば、お地蔵さまが壊されたりするのだろうか。悪い国が攻めて来たりするのだろうか。それも嫌だ！

「それでは、どうしたらいいんでしょうか。開国にしろ攘夷にしろ、恐ろしいことが起こるかもしれないなんて……わたしたちは、どうしたら、何をしたら……」

「それは、わたしにもよくわかりません」

番頭さんは、首を横に振った。

「ただね、おやす。わたしらは武士でもないし、国の行く末を思い悩んで何かをしようという気概があるわけでもない。ただ今の暮らしを守って、穏やかに生きていきたいと願っている。違いますか？」

「へえ、そうです。その通りです」

やすは何度も首を縦に振った。涙がこぼれそうだった。本当に、願うことは、望むことはそれだけなのだ。

「だとしたら、わたしらにできることはそう多くはありません。とにかく浮足立たずに、しっかりと踏ん張って、毎日の仕事を続けていく。その傍らで、いつでも身一つで逃げ出す覚悟を決めておく」

「逃げ出す覚悟」

「そうです。覚悟をしておくことです。それはそんなに難しいことではないでしょう。なにせ我々、多くを持たない者の強みは、身軽であることですからね。風呂敷一枚広げてそれで包める分だけで、わたしらの持ち物なんざ充分です。いつでもそれを担いで逃げ出せるように、日々覚悟だけはしておく。なあに、命さえあれば、何があってもやり直しはきくもの。あの大地震や颶風で何もかも失った人たちだって、みんなしぶとく生き抜いています。わたしはこの頃思うんですよ。……お上がどうあれ、下々のわたしらは同じことを繰り返して生きていくしかないんだ、と。お次の上様が紀州様になろうが一橋様になろうが、紅屋は紅屋です。旅籠の仕事は変わらない。商人だけでなく、農民は誰が上様になろうが米や野菜を作るしかなく、漁師は魚を獲るしかない。それどころか、仮に外国の人々がこの国を奪ってしまったとしても、この国で暮らす者を皆殺しにしたら何も得る物がありません。国というものは、誰かが米を作ったり魚を獲ったりして、その米や魚を売り買いする者がいて、そうやって人々が暮らしを立てている、だからこその国であり、そうした国に富というものが生まれるんです。奪いたいのはその富のはず。だから我々は、結局のところ、同じように生きていくことになる。そう考えたら、だいぶ気持ちが楽になりました」

番頭さんは、ふふ、と笑った。

「この先どんな世の中になっても、わたしはわたしの仕事をし、命が危うくなったらすたこら逃げます。おやすもそうなさい。とにかく生きることです。生き残ることです。その時が来たら、誰のことよりもまず、自分の命を大事にしなさい」

「でも……とめちゃんや……大奥さまを……」

「考えなくてよろしい」

番頭さんは、きっぱりと言った。

「とめ吉はもう、おやすより体の力はあります。一人で逃げることができるでしょう。奥の面倒はわたしがみます。それはわたしの仕事ですから。おまえは包丁を風呂敷に入れて逃げなさい。いいかい。誰も彼も助けることなんかできやしないし、自分が死んじまったら何もかも無駄になる。おまえは生き残って、紅屋の台所の歴史を世に伝えなさい。それがおまえの仕事です」

番頭さんは、顔つきを和らげて言った。

「とはいえ、逃げ出す必要がないようにしていただきたいものですね、彦根のお殿様には。あまりに厳しいお沙汰が続くと、反発する者が現れて世が乱れるのではないかと、わたしはそれが気がかりなんです。井伊様には井伊様のお考えがあり、それが最善と思われてされていることなのでしょうが。開国だろうと攘夷だろうと、わたしはどちらでもよろしいと思っています。こんなことは大きな声では言えませんがね。ただ我々の日々の暮らしが平穏に続いていくのであれば、どちらでもいい。どちらでもいいから、できるだけ世が乱れないように、うまく舵取りをしていただきたいものです」

番頭さんは立ち上がり、麦湯ごちそうさま、と微笑んで表通りの方へと歩いて行った。

❖

島津斉彬さまがお亡くなりになったと瓦版にのったのは、それから少ししてからだった。

斉彬さまのご名君ぶりは、薩摩と縁のない江戸や品川の人々の間にも知られていたので、薩摩藩がどうなるのかと危ぶむ声があがっていた。一方、井伊さまの厳しいなさりようも次第に伝わって来て、瓦版には物騒なことが書かれるようになっていた。

やすは憂鬱だった。それでなくても暑いせいで食が細りがちなのに、気鬱になってしまうとどうしても食べることが億劫になる。料理人がものを食べたいと思わなければ、それは自然と料理にもあらわれてしまう。

「おやす、おまえさん、体の調子が悪いのかい」

政さんが心配して声をかけてくれた。

「酢の物の塩梅が、ちょいとおまえさんらしくねえな」

「すみません、作り直します」

「いや、今日は俺が味を決めよう。まあどんな料理人だって、体調がすぐれないせいで舌が鈍くなることはあらあな。この味も別にまずいってことはねえんだが、いつものおやすらしい、しまった感じがしねえ。もしかして、夏疲れかい？　夜はちゃんと寝られてるのか？」

「……へえ、夜は寝ております」

「そんならいいが。しかしどうも、顔色も冴えねえな」

「……体の疲れというより……気鬱のようです」

「気鬱？　何か気がかりなことがあるのかい」

「話したら笑われてしまうと思います。おまえは馬鹿なのかと」

「なんだそりゃ」

政さんは、やすの頭をポンと優しく叩いた。

「水臭えな、どうも。俺がやすのことを馬鹿にして笑ったりすると思うか？　どんなことでも、気に病んでることがあるんなら打ち明けてくれ。あ、ちょっと待った。その悩みってのが、その、女でないとわからないようなことだったらその、おしげに代わりに……」

「いえ、そうではないんです。ただ……ころりが流行って、ご大老さまが井伊さまに代わられて……世の中がどうなってしまうのかと……。地震や颶風でさんざ痛めつけられた後なのに、今よりもっと辛い世の中になってしまったら、どうしようかと。すみません、そんなこと、わたしなんかが考えたってどうなるものでもないことは承知しています。ただ考え始めるときりがなく、どんどん怖くなってしまうんです……。今度のころりも、長崎に入った異国の船から広まったと聞きました。井伊さまは開国派とのことで、もうじきめりけんの船の為に港が開かれるとも噂があります。瓦版を読んでも、何が本当のことなのかよくわかりません。島津のお殿さまが亡くなられ、薩摩さまはどうなるのでしょうか。井伊さまにとても厳しくご沙汰をされて、水戸さまはどうなさるのでしょうか。水戸さまが怒って千代田のお城に攻め込むのではないかと言う人までいるのです。なんだか、いろいろなことが一度に起こって、みんな悪いほうに向かって進んでいるようで……」

話しているうちに、やすの頬を涙が伝った。

「やすは近頃、自分のこともよくわかりません。どうしてこんなに不安なのでしょうか。番頭さんは、お上のなさることがどうであれ、我々下々はしっかり足を踏ん張って、いつもと同じ仕事をしっかりしていればいいとおっしゃいました。それが正しいのだということはやすにもわかります。わかるけれど、何もできずにいることそのものが、ひどく苦しいというか……情けないのです」

政さんは、少しの間黙っていた。やすは必死に嗚咽をこらえた。近くにおうめさんもとめ吉もいる。二人に心配をかけたくはなかった。

政さんは、やすの袖をそっとひいた。

「おやす、裏庭に打ち水でもしようか。俺もちょっと今日は暑さ負けしたみてえだ。水に触りてえな」

井戸まで歩き、手桶に汲んだ水を柄杓で庭にまく。やすから柄杓をとりあげて、政さんは自分で水をまき始めた。

「水が冷たくて気持ちがいいなあ」

「へえ。夏の暑い盛りでも、井戸の水は冷たいままです。不思議だなあと子供の頃はよく思っていました」

「今は不思議じゃねえのかい？」

「へえ、番頭さんが教えてくださいました。土の深いところは、夏でも冬でも同じなのだそうです。水はその深いところにあるので、井戸の外が暑い夏には冷たく感じるし、寒い冬には温かく感じるのだそうです」

「やすは番頭さんに、実にたくさんのことを教わってるんだな」

「へえ。手習い所に行くよりもたくさんのことを教わりました」

「そうしてやすは、大人になるんだな」

「へ？　おとな、ですか？　いえ、やすはまだ」

「まだ、なんだい？　娘十八といや、もう子供を産んでもいい年頃だ。立派な大人だよ。俺もついつい、幼かった頃のおまえさんの思い出が邪魔して忘れちまうんだが、おやすはもう見習いの子供じゃない。賢くて、綺麗な、いい女だ」

政さんがまいた水に、一瞬、小さな虹が出た。

あれ、虹が、と思う間に消えてしまう。

「なあ、おやす。おまえさんが世の中のことを考えて不安になったり、気持ちが落ち着かなくなるのはな、おまえさんの心が今、大人になろうとしている証(あか)しだと、俺は思うんだ。人ってのは体も大きく育つが、心だって育っていくものだ。子供の心にとって、世の中ってのはとても簡単でわかりやすい。わからねえことは考えねえからな。自分が好きか嫌いか、楽しいか楽しくないか、なんでも自分を真ん中に置いて決めてしまえばいい。嫌なことがあっても寝ればたいてい忘れられる。だがおまえさんは、今、自分の外、世の中ってもんを考えるようになった。そうなってみて、自分ってもんが頼りない、情けないものに思えている。自分の小ささや、力のなさばかりが身につまされる。それはおまえさんが賢い証しだ。賢いから怖いのさ」

　品川の海の上に、赤い雲がかかっている。
西の空は、まるで燃えているかのようだ。

「おまえさんが大人の女になっていくこと、その途中で今みてえに悩んだり苦しんだりすることを、俺にはどうしてやることもできねえ。ただ、忘れねえでいてくれたらいい。おやす、おまえさんには料理ってもんがある。どれだけ悩んだり恐れたり、不安になったりしても、料理をすることだけはやめねえでくれたら、きっとおまえさんは大丈夫だと、俺は思うんだ。確かに俺らは、世の中が変わっていくことに抗(あらが)うことはできねえし、ただ逃げ回る以外に生き残る術もねえ、情けねえもんだ。けれど、包丁があって竈（かまど）があれば、俺らには料理をすることができる。口に入れてうまいと思えるもんが作れたら、何が起こっても俺らは生き残っていけると、俺は信じることにした」

政さんは、温かな笑顔で言った。

「どうだい、この夏の締めくくりに、何かうまいもんを作ってみんなで食わねえかい。悩んだり苦しんだりした夏が、おまえさんの心の中で、とってもうまいもんを作って食った夏に変わるような、とびきりのもんを。何か考えてみねえかい」

やすは、夕暮れの中に溶けていく政さんの顔を見つめた。

なぜなのか、胸が痛くなった。そして、嬉しかった。

「へい。とびきり美味（おい）しいものを、作りましょう」

やすは言った。

七　とめ吉の病

何かとびきりの料理を作って、みんなで楽しもう。政（まさ）さんがそう言ってくれて、やすは気持ちがすっきりした。

あれこれ悩んだところで、世の中のことにやすが何かできるのかと言えば、何もできやしない。やすにできることはいつだって、料理を作って誰かに食べてもらい、その人を笑顔にすることだけだ。

彦根のお殿さまが千代田のお城で何をなさろうと、まさか美味しいものを食べては駄目だ、とはおっしゃらないだろう。

見に行ったことはないけれど、夏の間、大川で打ち上げられる花火はとても見事で、花火見物の客を見込んだ屋台もたくさん出るらしい。みんなで楽しむとしたら、花火見物のような賑やかさのある料理がいいだろう。お金のかからない身近なもので、賑やかに華やかに食べられるもの。何がいいかしら。

品川の風景を模した寿司、あれはとても華やかだった。ただ、あそこまで大きく作ると手間がたいそうかかる。いつもの仕事をこなしながらあれを再現するのでは、台所の者の負担が大きい。かと言って、小さなものでは華やかさも賑やかさも表せない。一人分の木箱に小さな寿司の箱庭を作ることも考えたけれど、それがどれだけ美しく華やかに出来たとしても、一人ずつちまちまと目の前の弁当箱から食べるだけでは、楽しさに欠ける。

あぶら焼きのように、みんなで集まってがやがやと喋りながら食べる、そんなものがいい。

いっそまたあぶら焼きをやったらどうかしら。裏庭に火をおこして。高価なものやももんじを使わなくても、ありふれた野菜や魚貝だけでも充分美味しいし、楽しいだろう。ただ……工夫がない。

政さんは言った。

悩んだり苦しんだりした夏が、おまえさんの心の中で、とってもうまいもんを作って食った夏に変わるような、とびきりのもんを、と。

あぶら焼きでは、とびきりのもん、と言えるのかどうか。あぶら焼きならももんじを使わないと、みんなもう、満足はできないかもしれない。

この夏が、自分にとって「いい夏」の思い出になるような、そんな食べ物。

とびきりの、何か。

やすはああでもない、こうでもない、と考え続けた。考えるのは楽しかったけれど、これと言った思いつきが出ない。

普段の仕事がうわの空にならないようにと、気をつけていたつもりだったけれど、おうめさんにちょいちょいと肘でつつかれて、はっとすることが増えてしまった。

「ごめんなさい、ちょっと考えごとしてて」

やすは、茄子(なす)を茶せんに切るのをしくじって、二つに切り離されてしまった茄子の身を情けない思いで見つめた。

「おやすさん、どこか体の具合が悪いの？」

「ううん、違うの。体は大丈夫。ただちょっと、考えないとならないことがあって」

「あたしのおつむじゃたいした役には立たないと思うけど、よかったら話してみてくださいよ」

「ありがとう。……そうね、一人で考えるより、おうめさんにも考えてもらった方がいいわね。実はね、政さんが、この夏の終わりにとびきり美味しいものを作ってみんなで食べようって言ってくれたの」

「とびきり美味しいもの！」

おうめさんの目が輝いた。

「わあ、何かのお祝いですか？」

「ううん、なんていうか、暑気払いみたいなものかな。ほら、ころりが流行(はや)ってみんな不安でしょう？」

「ああ、そうですねぇ。まあ心配したってどうしようもないんで、あたしなんかは近くのお地蔵さんに一日一度、ころりにかかりませんように、ってお願いしてるだけですけど。でもころりは品川でも増えて来たようですね」

「それに、なんだか千代田のお城でも色々あるみたいでしょう」

「へえ、ご大老様のことですね？　嫌な噂を聞いてます。水戸様への厳しいご処分があって、これからたくさん、もっと厳しいご処分がされるんじゃないかって。なんですかね、彦根のお殿様、ちょっとやり過ぎじゃねえかって、瓦版屋が言ってました」

「ご大老さまにはちゃんとしたお考えがあってのことでしょうけれど……。これから異国の商人が大勢やって来るという噂もあるし、気持ちが落ち着かないでしょう。こんな時だから、美味しいものでも作って食べて、くさくさした気持ちを晴らそうってことじゃないかな」

「いいですねえ。政さんが作る、とびきり美味しいものなんて、楽しみでたまりませんよ」

「作るのはわたしたちよ」

やすは笑った。

「もちろん政さんも一緒に作ってくれるけれど、何を作るか考えて、決めて、作るのはわたしたちの仕事」

「えーっ、ただ食べるだけでいいんじゃないんだ」

「この紅屋の台所は、わたしたちの仕事場だもの。ここで何かを作るなら、作るのはわたしたち。だから楽しいんじゃない？」

「はあ、そういうもんですか」

「そういうものだと思うな。食べるだけなら確かに楽でいいけれど、きっと、自分でも作りたかったと後で思うわ。政さんは、ただ食べることじゃなくて、考えて作ることも含めて、この夏の締めくくりにしようって言っているんだと思う」

「この夏の締めくくり、ねえ。まあ確かに、夏ってのはどういうわけか、終わるのが名残り惜しいもんですよね。考えてみたら夏なんて、暑いばっかりでそんなにいいことないんだけど。魚はすぐに傷んじまうし、虫は増えるし、夜は寝苦しいし。それでも子供の頃(ころ)から、やっぱり夏が好きでしたよ」

「確かに不思議よね。子供はみんな夏が好き」

「水に入って遊べるのもいいんじゃないですかね、子供たちには。里に預けてるうちの娘も、川に入りたがってしょうがないって文(ふみ)に書いてありましたよ。川は危ないから、無闇(むやみ)に入ったらいけないって田舎(いなか)では教えるんですけどね」

「夏の食べ物といったら何かしら」

「そりゃやっぱり、西瓜（すいか）ですよ」

「西瓜はおかずにするのは難しいわ」

「あ、おかずになるもんですか。だったら鮎（あゆ）とか、野菜なら胡瓜（きゅうり）」

「鮎、そうね……」

「江戸前のとこぶしも夏が旬（しゅん）ですよね。ここでもとこぶしを炊き込んだご飯、あれは評判いいですよ」

　とこぶしの炊き込みご飯は、紅屋の夏の看板料理だ。

「政さんが砂村（すなむら）の農家に直接行って仕入れて来る、砂村の胡瓜は見事です。あんなにみずみずしくって香りのいい胡瓜、あたし、ここに来て初めて食べました」

「砂村の胡瓜はとても人気で、八百屋に頼んでもなかなかまわって来ないのよ。それで今年から、春のうちに政さんが農家に行って、夏に採れる分を買い付けているの」

「まだ実らないうちに、買ってしまうんですか」

「そうなの。もちろん全額を支払ったりはしないけど、先に幾らかでもお金を貰（もら）えれば、農家は助かるでしょう。どのみち仲買に卸しても、途中で上乗せされる分は農家には入らないし」

「だったら他の野菜もみんなそうすればいいんじゃないですか？」

「野菜の先買いは、損をすることもあるのよ。春先に買い付けてしまった分は、たとえ出来が悪くても、高値になってても、約束だから買い取らないといけないでしょう。野菜の病気はいつ起きるかわからないし、たまたま空梅雨になって雨が足りなかったり、夏の初めに大風が来て実が落ちてしまったりで、不作になることもあるし」

「不作になったら余計に、先に買っといた方がいいんじゃないですか？」

「不作になると値がつり上がって、とんでもなく高い胡瓜になってしまうかもしれない。それならまだしも、税として納める分も採れなかったら、売ってもらえなくなるかもしれない。その場合でも、手付に払ったお金を返してくれとは言えないのよ。もともと無理を言って先買いさせてもらっている分だから、翌年に繰り越しってことになるみたい。そうでもしないとなかなかね、先買いを承知してくれる農家はないんですって。先買いはご法度ではないけれど、砂村の胡瓜は大店の八百屋が卸しを引き受けてそこに納めているらしいから、おおっぴらに先買いに応じると、いろいろとまずいみたいでね、紅屋で使う分はそんなに多くないんで、農家がこっそり応じてくれているみたいなの」

「いろいろと面倒なんですねぇ、たかが胡瓜なのに」

「砂村の胡瓜は、村独自の栽培の仕方があるらしいの。昔の胡瓜って黄色くて硬くて、種も大きくて、漬物にしないと食べられなかった。それが砂村やあのあたりの農家が早出しをするようになって、緑色で柔らかい胡瓜が売られるようになった。緑色の柔らかい胡瓜は、種もまだ出来上がってなくて、水気がとても多くて、夏に生で食べるととても美味しい。でもただの早出しでは、皮の苦味が強くて人気が出ない。それで胡瓜を早く育てる方法が考え出されたんですって。早く育てると皮も薄く、苦味の少ない胡瓜になるみたい。もちろんそうした早出しに向いた胡瓜を、いろいろと工夫して作りあげたんでしょうね。そのおかげで砂村は胡瓜の名産地になって、砂村の早出し胡瓜は他の胡瓜の倍ほども高いのよ」

「ありふれた野菜でも、他で採れるものより美味しいものが作れるなら、儲けることができるんですねえ」

「どんな商いでも、考えて工夫した人が儲けられる。それって楽しいことよね」

「でも旅籠商売は、何かを売るわけじゃないんで儲けられないですよね。宿賃もだいたい決められてるから、勝手に値上げはできないし」

「もちろん、旅籠の規模で儲けはほぼ決まってしまうけれど、でも、何度も泊まってくださるお客さんを増やすことなら、工夫できるんじゃない？　宿賃は同じでも、一年を通してほぼ満員になる旅籠と、空きの多い旅籠では儲けは違って来る」

「その工夫が、料理ってことですね」

「料理も工夫が必要だけど、旅籠の居心地の良さは料理だけで決まるわけじゃない。紅屋は、部屋の掃除が行き届いていて、女中の仕事ぶりがしっかりしていて、そうしたこともあって繰り返し泊まってくださるお客が多いのだと思う。そうしたことはみんな、おしげさんがきっちりまとめているから、おしげさんのおかげね」

「おしげさんって、初めはちょいとおっつきにくいというか、怖い人だと思ったんですよ」

おうめさんは肩をすくめた。

「買い物から戻った時に、たまたま表の玄関口に立っていたお客さんにね、頭をちょっと下げて裏に向かったらあとで怒られたんです。頭の下げ方がおざなりで、心がこもっていないって。あたしびっくりしちまって。部屋付き女中なら泊まりのお客さんともじかに話すだろうし、顔もわかるだろうから、そりゃ心を込めたおじぎもできるでしょう。でもこちとらお勝手女中ですよ、料理するのが仕事です。それにちゃんとおじぎはしたつもりだったんですよ。何も怒らなくたっていいじゃないのって。でも、今はわかるんです。ここの台所で働いていくうちに、わかって来ました。お勝手女中だからって、お客さんをもてなす側であることに違いはないんですよね。おやすちゃんや政さんの丁寧な仕事ぶりを見ていて、この人たちは心の底から、お客をもてなそうとしてるんだって思いました。そうやって丁寧に料理を作ることと、心を込めておじぎすることは同じことなんですよね。知らない人でもお客であれば、お泊まりいただきありがとうございます、って感謝して頭を下げる。それは、味噌汁の吸い口に小葱を刻んだり、茄子のあくを抜いたりすることと同じなんだって」

やすはおうめさんの顔を見た。おうめさんも、随分と変わったな、と思った。朗らかで、江戸の女らしくはっきりものを言い、よく笑いよく喋る。そんなところは変わっていない。けれど、仕事の一つ一つが最初の頃より随分と丁寧になった。手早くパパッと終わらせることばかり考えず、時には辛抱強くじっくりと仕事に取りくめるようになったと思う。そんなことを思うなんて、まるで自分がおうめさんよりも偉いみたいだ、とやすは少し恥ずかしくなった。けれど、政さんの期待にこたえる為には、おうめさんの力量や仕事ぶりを自分なりに観察して、把握することは大切なことだった。

おうめさんに対する信頼は、やすの中で日に日に大きくなっている。

「おしげさんは、素晴らしい人です」

やすは言った。

「あの人から学ぶことは本当にたくさんあるわ。おしげさんが紅屋にいてくれて、本当に良かったって、いつも思ってます」

「そうですよね」

　おうめさんはうなずいて言った。

「もういっそ、政さんとおしげさんが夫婦になっちまったらどうでしょうねえ。年回りだっていい感じだし、二人が夫婦になってくれたら、紅屋には何よりじゃないですかね」

　やすは、思わず口を開けてしまった。

　おうめさんの言葉は、やすが考えてもいなかったことだった。政さんとおしげさんが、夫婦になる……

　そうだ、なんで今まで考えたことがなかったんだろう。

　政さんは、私よりも一回り半年上だから、来年で三十九？　おしげさんは三十路くらいだったはず。なるほど、年回りもちょうどいい。それにおしげさんは、あれでなかなか美人さんだ。働き者でしっかり者なのは言うまでもなく、気配りも誰よりもできて、そして見かけよりずっと優しい。嫁いだことも子を産んだこともないけれど、三十路で子を産む人などいくらでもいる。ただ、おしげさん自身が、もう誰の妻にもなるつもりはないようなのだけれど。

政さんも、亡くなった奥さまとお子さんのことが今でも心にあるのは間違いない。もう二度と、誰かを嫁にしようとは思っていないのかもしれない。けれど、紅屋の為に身を尽くすと心に決めた同士ならば、色恋ではない絆があるのではないだろうか。

やすは、政さんとおしげさんが夫婦になることを頭の中に思い描いてみた。すると、なんとも言葉に表せない、幸せな気持ちが胸の中を満たした。まるで、自分に父親と母親が出来たような、そんな気持ちだった。

やすは父親のことを恨んではいない。博打で身を持ち崩す人は品川にも大勢いる。やすの父親が他の人よりも弱かったとか、駄目な人間だったとかいうことではないのだろうと思う。やすを産んだひとも死に、せっかくもらった後妻も病気で早死にしてしまった。政さんでさえ、妻と子に先立たれて廃人のようになってしまった時期があったのだ。やすの父親が、度重なる不運に嫌気がさし、自暴自棄になったとしても無理のないことだった。しかも幼い子供二人を抱えて、途方に暮れてしまったのだろうと思う。

父親が酒に酔って戻って来ていびきをかいて寝ている間に、やすは弟を連れて食べ物を探して歩いていた。神奈川の港には漁船が並んでいて、時には魚が落ちていることがある。たいていは売り物にならないような小さな魚だったけれど、拾い集めて長屋に持ち帰り、長屋のおかみさんたちに頼んで煮付けてもらえば食べられた。長屋の人たちはみな親切で、炊いた飯を分けてくれたり、煮物を分けてくれたりもした。摘んで食べられる野の草も覚えた。子守をさせてもらえれば、駄賃の代わりに卵がもらえたりもした。そうやって集めた食べ物で、なんとか父と弟と自分の分の膳を用意した。いつもは何も言わずに食べてしまう父が、たまに「うまいな」と言ってくれると、本当に嬉しかった。

あの時の父の、はにかんでいるような笑顔は、今でも時々やすの脳裏にふっと浮かんで来る。けれどやすは、そうした思い出にしがみつこうとは思わなかった。出来るだけ忘れてしまいたい、と思った。覚えていても、多分もう、二度と会うことはないだろうし。

父親に売られたことですら、やすにはもう、たいしたことではない気がしていた。そもそも父が口入れ屋とどんな取り決めをしていくらもらったのか、やすは知らない。将来は女郎にとどこかの遊郭にでも売られるはずだったのか、それともただの女中奉公だったのか。

何かの手違いで、やすは神奈川宿の旅籠、すずめ屋に売られたのだ。だがすずめ屋のご主人が必要としていたのは男の子だった。本来ならば口入れ屋に戻されるところを救ってくださったのが、紅屋の大旦那さまだった。

大旦那さまに初めてお会いした時のことを、まだぼんやりと憶えている。確か、茹でた栗を食べさせていただいたのだ。栗は二つあって、大旦那さまはそれを左右の掌にのせて、どちらでも好きな方を食べていいとおっしゃった。やすは、二つの栗の匂いをそっと嗅いだ。小さい栗のほうが美味しそうな匂いがした。甘い匂いだった。それで小さい方を選んだ。それが運命を変えた。

大旦那さまは、やすの鼻がとてもよく利くことに気づかれて、やすを品川に連れて帰ってくださった。

今でもやすは、自分の鼻が他の人よりも敏感なことを自覚している。おそらく政さんよりも鼻は利くだろう。けれど、匂いを嗅ぎわけることだけ得意でも、良い料理人にはなれない。鼻が利くとか手先が器用であるとか、料理をする上で便利な力を持っている人はたくさんいるけれど、いくらそうした力を持っていても、それだけで料理はできないのだ。むしろ、特別な力は何も持っていない方が、その分努力をするので、より早く良い料理人になれるかもしれない。そのことがわかって来て、やすは鼻が利くことを自慢に思わなくなった。この鼻のおかげで紅屋に来ることが出来た、それはとても幸運なことだったが、それだけのこと。良い料理人になる為には、持って生まれた力よりも、一つ一つ丁寧に、同じことを辛抱強く繰り返す根気と覚悟の方がずっとずっと大切だ。

いずれにしても、やすは、父のことはほとんど考えずに毎日を過ごしていた。だからなのか、政さんとおしげさんが夫婦に、と考えた時に、政さんを父親のように感じていることを意識して、少し戸惑っていた。政さんとおしげさん、二人が夫婦になってくれたら、二人とはこの先ずっとずっと一緒に働ける。それはまるで、新しい父と母ができたような気持ち、安心していられる幸せを感じさせてくれた。

本当に、そんな素敵なことが起こるといいのに。

が、やすはそのことを口に出して言えなかった。おうめさんは悪気もなく素直に、二人なら似合いだからと言ったのだろう。けれど、政さんの過去のことや千吉さんのことを考えると、二人が夫婦になるというのはそんなに簡単なことではないと思う。政さんが奥さまやお子さんのことを忘れることはないだろうし、おしげさんも、千吉さんの行方もわからないうちに嫁ぐ気にはなれないだろう。

「二人とも紅屋になくてはならない人たちだけれど、先のことはわからないわね」

やすは、それだけ言って微笑(ほほえ)んだ。

その日、やすは忙しさにかまけていて、とめ吉の様子がおかしいことに気づいたのは、夕餉(ゆうげ)の膳が客に運ばれたあとだった。

夕方に薪割(まきわ)りをしていた時は元気そうに見えたのに、ふと見ると、赤い顔をして下を向いている。

「どうしたの、とめちゃん」

「へえ、おいら、少し眠たいみたいです」

とめ吉はぶるんと頭を振ったが、すぐに顔をしかめた。

「あたたた。頭も痛てえ」

やすはとめ吉の額に手をあてた。熱い！

「とめちゃん、熱がある！　すぐ横にならないと！　おうめさん、番頭さんに、今夜はとめちゃんをわたしらの部屋に寝かせていいか聞いて来て！　男衆の部屋じゃ、看病してやれないから」

おうめさんが慌てて駆け出した。

「どうしたい、おやす」

「政さん、今夜の賄いをお願いできますか」

「そりゃかまわねえが……とめがどうかしたのか？」

「へえ、熱があるんです。それもかなり高いと思います。すぐに寝かせます」

「平気です、おやすちゃん。おいら、ちっと風邪ひいちまっただけです」

「馬鹿野郎、とめ吉、風邪ってのは万病のもと、風邪を拗らせて死んじまうこともあるんだぞ。いいからさっさと上にあがって布団に入れ！　おやす、とめを寝かせたらおしげに様子を見てもらえ。いいから、早く連れて行け。手ぬぐいと水は持ってってやる」

　やすは、ぐずぐずと、平気です、を繰り返すとめ吉を引っ張って二階へ連れて行った。階段をのぼる足元が少しふらついている。

　布団にとめ吉を寝かせてから、階下に降りておしげさんを探した。

　とめ吉が熱を出したと伝えると、おしげさんは階段を二段とびで駆け上がった。

「やだよ、この子、顔が真っ赤じゃないか」

「夕方はこんなふうじゃなかったんです。元気そうでした」

「いきなり熱が出たってことだね」

おしげさんはとめ吉の額に掌を当て、首のあたりに触れた。とめ吉は顔をしかめたまま目を閉じている。

「とめちゃん、大丈夫？」

「へえ……すんません、おいら……風邪ひいちまった」

「これはただの風邪じゃないね」

おしげさんが言った。

「ただの風邪じゃないって、まさか……」

おしげさんは首を横にふった。

「とめ、あんた、お腹は痛むかい？」

「いいえ……腹は痛くないです」

「くだしてもいないね？」

「……たぶん。朝からまだ糞が出てないんで、わからないです」

「それならくだしちゃいないだろうさ。ちょっと口、開けて。もっと大きく。おやす、あかりでとめの口の中、照らしておくれ」

やすは行灯から蠟燭に火を移し、その炎をとめ吉の顔の上に寄せた。蠟がとめ吉の顔に落ちたら可哀想なので、自分の掌で受ける。熱いはずなのに熱さをほとんど感じない。それほどやすは、とめ吉の容体を心配していた。

「……何か悪い病でしょうか」

やすがおそるおそる訊くと、おしげさんは曖昧に首を振った。

「あたしは医者じゃないからね。だけど、長屋の子供たちがこんな風になるのは何度も見てるよ。……まあ悪い病かそうでないかと言われたら、悪い病と答えるしかないかねえ。誰でもかかるもんだけど、運が悪いと……」

「はしか、かい」

政さんの声がした。政さんは、水を汲んだ小さな桶を抱えている。

「おそらく、ね。誰か幸安先生のとこに走らせて呼んで来させようね」

「わかった。やす、これでとめのでこを冷やしてやんな。賄いはおうめに任せて来たが、あらかた俺が作っておいたから大丈夫だ。俺はこれから、幸安先生のとこまでひとっ走りして来る」

やすは桶を受け取り、井戸水に浸かっている手ぬぐいを絞ってとめ吉の額に載せた。

「おやす、あんたははしか、やったかい？」

やすは思い出してみた。何歳の時だったかはっきりしないが、何日も寝ていた記憶が確かにある。日が当たらないように、と、蚊帳の上に布を被せた中に入れられて。

そう、あの人が……継母が看病してくれていた。優しかった、おかあさん。

「やったと思います」

「良かった。はしかは一度かかるともうかからないっていうからね。おうめにも訊いてみないとね。もしおうめがやってなかったら、今夜からしばらくおうめはあたしんとこで預かるよ。大人がかかるとかなりやっかいなことになるからね」

「でもとめちゃんはまだ子供だから、大丈夫ですよね？　軽く済みますよね？」

やすの必死の問いに、おしげさんは眉根を寄せたままだった。

「おやす、ちょっとおいで」

おしげさんに言われて、やすはおしげさんと廊下に出た。襖を閉めたおしげさんは、声を低めて言った。

「おやす、あんたには言っとくけどね。はしかってのは、巷で思われているよりずっとやっかいな病なんだよ。子供の病には違いないけど、おたふくだとか水痘よりたちが悪い。疱瘡だのころりだのよりはましだけどね。もちろん、かかった子供はたいてい治るよ。あんたもあたしも、ちゃんと治って大人になれた。だけど、運が悪いと命を落とすこともあるんだよ。しかも薬は効かない。熱が下がるまでできるだけ静かに寝かせておくしかない。日に当てない方がいいとも言われてるんで、蚊帳に布を被せたりすることもある。今の時期にそれだと蒸し暑くて可哀想だから、まあそっと寝かせておくのがいいだろうけど。あたしは子供を産んだことないけどさ、長屋の子供の面倒は飽きるほどみて来た。はしかで死んじまった気の毒な子も、一人二人いたよ。それに今、江戸ではころりの他に、はしかもたいそう流行ってるらしい。だいぶ死人が出てるって噂もあるんだよ」

やすは聞いているうちに背中が震えるのを感じた。

「ま、幸安先生が来てくださるから熱冷ましくらいは貰えるかもしれないけど、子供の熱はむやみに下げない方がいいとも言われてるからね、井戸水で絞った手ぬぐいを、時々替えてやるくらいにして、四、五日はとにかく静かに寝かせておくしかないね。あんた、台所の仕事は政さんがやってくれるだろうから、熱が下がるまではとめ吉の世話、してくれるかい」

「へ、へい！」

やすは思わず強く返事をした。

「とめちゃんを死なせやしません！」

おしげさんは、微笑んで言った。

「当たり前さ。死んだりするもんか。あたしゃ今日から、帰りにお百度踏むことにするよ」

「しなくていいよ、あんたは。そんな暇があるなら、とめ吉のそばにいておやり。だけど眠っちまったら、そっと部屋を出るんだよ。人の気配がしたんじゃ、ゆっくり寝られないからね」

「わ、わたしも」

「へえ」

「そんな泣きそうな顔しててどうするんだい。さっきも言ったけど、あたしもあんたもちゃんと治って大人になったんだ。とめだってそうさ。十日もしたら元気になって、また山盛りのご飯を食べるようになるよ」

やすは、おしげさんの言葉を信じよう、と思った。とめちゃんは大丈夫。はしかなんかで死にはしない。

部屋に戻ると、とめ吉は眠っていた。顔はまだ赤く、寝息も心なしか荒い。苦しいのかもしれない。そのうちに、とめ吉が咳をし始めた。眠ったまま、かなり強く咳き込む。起きてしまわないかと心配になった。

額に載せた手ぬぐいはもう温まってしまっていた。桶の水はまだ冷たい。もう一度水に浸してしっかり絞り、額に載せてやる。

そのままずっとそばに座っていたかったけれど、人の気配がすると目が覚めてしまう、とおしげさんが言ったのを思い出し、そっと襖を閉めて階下へ戻った。

「眠ったかい、とめ公」

政さんはもう戻っていた。

「へえ。でも咳が出て来ました」

「はしかってのは咳が出るもんだったかな。俺も子供の頃にかかってるはずなんだが、どんなふうだったのか忘れちまった。やっぱり高い熱が出たのはなんとなく憶えているんだが」

「わたしもです。暗くした蚊帳の中で寝ていたことだけ、憶えています」

「幸安先生、これから一軒、心の臓が悪い年寄りのとこに行ってからこっちに来るってさ。まあ、はしかなら医者もすることはねえからな」

「お江戸では、はしかも流行っているようですね」

「子供は大抵、かかるもんだからなぁ。とめは体が強いから大丈夫だ。きっとよくなる」

「へえ、そう信じています」

「おやすちゃん、賄い食べてくださいね」

おうめさんが盆にご飯と味噌汁、それに魚の揚げたものを盛ってくれた。

「あら、魚の揚げもの！」

「夕餉に出した刺身の、アラやエンガワです」

その日の夕餉の献立は、目板鰈(めいたがれい)の刺身、小芋と烏賊(いか)の煮物、板麩(いたふ)の吸い物、芹人参(せりにんじん)と牛蒡(ごぼう)のきんぴらだった。魚屋が持って来た鰈がとても新鮮で、大きさも申し分なかったが、卵を持っていなかったので煮付けにすると物足りない。それで刺身にひいた。鰈の刺身は、平目(ひらめ)の刺身ほど繊細さのある味ではないけれど、透き通るほど新鮮ならば、舌触りが少し平目より粗い分、さっぱりとした味わいが楽しめる。皮には少し癖があるので、刺身にする時は皮をひく。平目のエンガワはこくがあって美味しいが、鰈のエンガワは平目に少し劣る。賄いは、アラとエンガワをさっと煮付けて煮汁ごと飯にかけて出そうと思っていた。だが政さんが考えた賄いは、アラやエンガワに粉をまぶして揚げたものだった。

とめ吉のことで頭がいっぱいで食欲はまったくなかったのに、揚げた魚の香ばしい香りにつられて箸(はし)が進んだ。

美味しい。魚には生姜(しょうが)をきかせた醤油(しょうゆ)と味醂(みりん)で下味が付いている。それを、骨も尾もぱりぱりと食べられるくらいからりと揚げ、塩が振ってあった。ご飯が進む。これは酒のあてにも最高だろう。

おうめさんの揚げ物の腕前もたいしたものだった。以前に開いていた一膳飯屋は、油鍋を使う許しをもらっていなかったようで、天ぷらは出せなかったと聞いたことがある。小鍋に少しの油で揚げ物を作っていたらしい。紅屋に来て初めて油鍋にたっぷりの油を入れて使ったはずだった。なのにもう、客に出しても恥ずかしくないくらいの揚げ物を作れるようになっている。

うかうかしてはいられない、とやすは思った。怠けていたら、すぐにおうめさんに追い越されてしまうだろう。

「あたし、はしかにかかったことがあるかどうか、憶えてないんです。田舎に文を出せばわかると思うんですけど、返事が来る頃にはとめちゃん、治っちゃってますよね、たぶん」

「念のため、しばらくおしげさんの長屋に泊めてもらった方がいいわ。はしかって大人がかかると大変なんですって」

「へえ、おしげさんにも言われました。今夜からそうさせてもらいます。でもそれだと、おやすちゃんばかりにとめちゃんの看病をさせてしまって」

「そんなこと気にしないで。おうめさんまではしかにかかったりしたら、紅屋の台所

がまわらなくなってしまいます。あとで、身の回りのもの、見繕って持って降ります
ね」

「そんなの自分でしますよ」

「はしかはうつりやすいから、とめちゃんが寝ている部屋に入らない方がいいわ。

浴衣と手ぬぐい、あと何が必要かしら。お布団も蚊帳も、蚊取り線香も、おしげさん
のところにはみんなあるので不自由はないと思うけれど」

「すみません、お願いします」

賄いを食べ終わる頃に、幸安先生が勝手口から入って来た。やすは幸安先生を二階
へと案内した。

おしげさんと同じように、幸安先生はとめ吉の口の中を見た。それから首の横に触
れ、はだけた胸に手をあてた。途中でとめ吉が目を覚まし、少しまた咳をした。

「とめ吉、気分はどうだい」

「へえ、お医者の先生さま、おいら悪い風邪をひきましたか」

「そうだな、風邪とは少し違うな。こいつはね、はしか、だね」

「は、はしか！　お、おいら、死にますか」

「いやいや、大丈夫。とめ吉はいい体をしているし、いつもたくさん食べてよく寝て

いるだろう？　だからきっと良くなる。ただ、はしかにかかっている間は、できる限り体を休めて静かに寝ていないといけない。今日明日は今くらいの熱が出て、咳ももうちょっと出るだろう。目やにがたまったり、喉が痛くなることもある。そのあと熱が下がって楽になるんだが、その時が大事だ。熱が下がったからって起き出して動き回ったりすると、一気に悪くなることがあるんだ。この病は一度熱が下がったあとで、そのあと、前よりもっと高い熱が出ることが多い。だから明後日くらいにちょっと楽になっても、決して無闇に歩きまわったり、ましてや働いたりしてはいけないよ。起きるのは厠に行く時だけにして、退屈でも布団で寝ていなさい。腹が減って食べられそうなら、粥くらいは食べてもいい。甘いものの方が喉を通るようなら、砂糖を少し入れた重湯がいいかもしれない。でも無理して食べる必要はないからね。なぁに、人ってのは二、三日食べなくたってそれで死にはしないよ」

「お、おいら……腹減って食べないのはつらいです」

「ははは、食べられそうなら食べてもいいんだよ。ただ、腹一杯食べたりしないように。まあそのあたりは、おやすさんによく伝えておくから、おやすさんの言うことを聞きなさい。一度熱が下がって咳も出なくなった時には、食べられるものを少しずつ食べていい。でもそのあとで高い熱が出たら、その時は胃の腑も熱と戦わないとならないから、何か食べて胃の腑が疲れるのは良くないんだ。とにかく寝ること。それが大事だよ。あ、でも、水はちゃんと飲まないといけない。白湯を冷まして飲むといい。そうだな、今日から五日か六日。そのあたりで高い熱も出切って、七日目になればたぶん、楽になる」

「な、七日もですか……」

「床上げできるのは、十日目くらいだろう」

「とおか……」

とめ吉は目に涙を浮かべていた。

「おいら、申し訳ないです。そんなに長く仕事を休んじまうなんて」

「そんなこと気にしなくていいの」

やすが言った。

「病にかかることは誰にだってあることです。ましてや、はしかは子供ならいつかかってもおかしくない。しっかり治して元気になって、また働いてくれたらそれでいいのよ」

とめ吉がまた咳き込んだ。

「もう寝たほうがいいな。それじゃ、二、三日したらまた寄るから、それまでおとなしく寝ていなさい。お大事に」

階下に戻ると、おしげさんと番頭さんもあがり畳に座っていた。

「お見立てはいかがでしたか」

番頭さんが訊くと、おうめさんが出したほうじ茶をすすりながら幸安先生は答えた。

「はしかで間違いないでしょう。明日あたりから、全身に赤い発疹が出て来ると思います」

「やっぱりはしかでしたか」

番頭さんが重苦しい声で言った。

「なんとか無事に過ぎてくれるよう、疫病退散の祈禱をお大師様にお願いして来ましょうかね。……まああの子は体が丈夫だから、良くなってくれると思いますが」

「病というのはわからないものなので、軽々しいことは言えませんが、とめ吉はおそらく大丈夫でしょう。ただもともと元気で働き者の子は、すぐに起き出して働こうとします。はしかは治ったと思ったところで一層高い熱が出るやっかいな病です。あの子には、十日はかかると言っておきましたから、たとえ熱がひいても、早々と床上げなどしないようお願いします。それとご存知とは思いますが、はしかはうつります。それも、とてもうつりやすい。子供の頃にかかったことがあればまず大丈夫ですが、かかったことがない人は、すっかり良くなるまではとめ吉のそばに行かないことです」

「お粥と甘くした重湯の他に、食べさせていいものはありますか」

やすが訊いた。

「巷では、はしかにいい食べ物、食べてはいけないものなどいろいろな説がありますが、わたしの考えでは、はしかにかかっている時は、食べられるなら食べる、食べたくないなら食べない、でいいと思います」

幸安先生は言った。

「胃の腑を疲れさせるようなものはいけません。風邪をひいた時に食べるようなものなら構いません。卵を流した粥、野菜を柔らかく煮て潰したもの、うどんを出汁で煮崩して柔らかくしたもの、白身の魚を茹でてすり潰したものなどですね。それもとめ吉が食べたがる時だけあげてください。食べたくないようなら、食べさせる必要はありません」

「それであの子の体がもちますでしょうか」

「とめ吉は体が大きく、厚みもあります。二、三日何も食べなくても大丈夫です。寝ているだけならさほど腹も減らないと思います。ただ、水は飲ませてください。湯冷

ましがいいでしょう。目を覚ましたら湯冷ましを飲ませてやり、汗をかいたら浴衣を
着替えさせる。風邪の看病と同じで構いません。熱冷ましを置いて行きますので、今
よりもっと熱が上がった時に煎じて飲ませてください。額に掌を当てて、熱いと感じ
たら相当な熱です。そのくらい熱が上がると、息も荒く苦しそうになると思います」
「暗いところに寝かせると良いというのは」
「はしかにかかると目やにが出たり目が痛んだりします。また、光に過敏になって眩
しがることもありますから、強い光は避けてあげた方がいいのは確かです。それに明
るいと寝付けませんからね。とにかく寝ることが大事ですから、明るくない方がいい
とは思います。ただ、真っ暗にしなくてもいいですよ。ずっと真っ暗では、とめ吉が
怖がるでしょう。はしかは大きく分けて、三つの段を踏んで進みます。今は最初の段
で、風邪とよく似た状態になっています。今はまだ、本人もそれほど辛くはないと思
いますが、咳がひどくなったり、頭の痛みが強くなることはあります。この後一時的
に熱が下がり、その頃から体中に赤い発疹が出て来ます。そして熱が上がり、一番苦
しい段に入ります。この二段目は二日から三日続きます。その後次第に熱が下がり、
回復する段に入ります。回復するまでおよそ七日から十日かかります。その間に無
理して動き回ったりすると、一気に悪化して……命を落とすことがあります」

改めて幸安先生にそう言われ、やすはまた身震いした。

「少し楽になった時に食べられるなら食べさせてあげてください。二、三日したらまた様子を見に寄りますが、それまでに様子がおかしくなったらすぐ呼びに来てくださいね。高い熱が下がらずに、うわ言を言い続けたり、起き上がって暴れたりした時はとても危険です。命に関わります。眠ったまま起きない、いつまでも眠り続けているのもいけません。また、咳がいつまでも続いたり、息がぜえぜえと荒くなって苦しそうにしている時も危ない。こんなことは言いたくはないのですが、もしそうなった場合には……あまり考えたくはないのですが。……はしかにかかってしまったことは今から一応、とめ吉の里に文で知らせておいた方がいいかもしれません」

おしげさんがごくりと唾を呑んだ。おうめさんは、へなへなと空き樽に座りこんだ。

「はしかは、子供の命定めの病と言われます。これから十日、紅屋の皆さんでとめ吉を見守ってあげてください。巷では、はしかに効くと売られている薬もありますが、はっきり言えば、はしかに効く薬はありません。高熱が長く続くと頭がやられてしまうので、熱冷ましを飲ませますが、それは熱を下げるだけで、はしかそのものは熱冷ましでは治りません。それよりもとにかく寝させる、湯冷ましをこまめに飲ませる。額は冷やしてもいいですが、体全体は冷やさないように。また発疹が出て来ると弱い痒(かゆ)みを伴うことがあり、爪(つめ)でかき壊してしまうといけないので、爪は切ってやってください。第二段になると今のように受け答えをしたりするのもできなくなると思いますが、無理に話しかけず、決して疲れさせないようにしてあげてください」

幸安先生は、ほうじ茶を飲み干すと帰って行った。

みんな、しばらくは言葉もなかった。

やすは自分がはしかにかかっている間、あの優しかった継母がどれほど心配しただろうか、と思った。自分はただ、熱を出して寝ていただけだった。回復してしまえば、寝込んでいたことなどすぐに忘れた。はしかにかかった記憶そのものも、もはや薄れてしまってあまり残っていない。

幸安先生の言葉で、はしかがどれほど恐ろしい病なのか、ようやくわかった。

命定めの病。

疱瘡よりも死ぬ人が多いというのは聞いたことがあるけれど、実感はなかった。それに、この場にいるだけでも、やすの他に政さん、おしげさんははしかにかかって生き延びて、ちゃんと大人になっている。だから、かかっても治る病だと思っていた。

番頭さんは？

やすが思わず番頭さんの顔を見た時、番頭さんの目から涙が流れて落ちるのが見えた。

番頭さんは、やすにその涙を見られたと知り、ふ、と笑みを浮かべた。

「わたしの妹も弟も、はしかで死にました」

番頭さんが言った。やすは驚き、途端に自分の目からも涙が溢(あふ)れ出した。

「八人きょうだいで、わたしは上から三番目、次男ですが、すぐ下の妹と、そのまた下の弟がね、八王子(はちおうじ)あたりではしかが流行った年に二人ともかかってしまい……実はその時、わたしもかかったんです。なのにわたしは助かった。命定め。まさにその通りです。母は八人の子を産んだ。でも大人になるまで育ったのはそのうち五人だけです。二人ははしかで、一番下の弟は、生まれてすぐに死んでしまった。子供が七歳まで育つのがどれほど難しいことか……とめ吉はせっかく十を超えたのだから、ここで死なせてはいけません。絶対に、死なせませんよ」

番頭さんは、指で涙を払い退(の)けた。

「とめ吉の里には急ぎ文を出しましょう。看病はこちらでできる限りさせていただくが、母御の顔を見たらとめ吉も元気が出るでしょうから、品川にいらしていただけるのならお待ち申し上げます、と書きましょう」


絶対に、死なせない。やすも思った。

麻疹の疫神に去っていただくには、どうしたらいいのだろう。

八　疫神

それからの数日は、あとで思い返してもよく思い出せないほど気が張りつめていた。日々の仕事はそつなくこなすことができていたと思うのだが、その実やはりうわのそらで、気持ちは二階に寝ているとめ吉(きち)のところに行ってしまっていた。だが政(まさ)さんもおうめさんも、そんななやすを責めたりせず、そっと支えてくれていた。

やすは自分にとって、とめ吉がどれほど大切な存在なのか、いやというほど思い知っていた。とめ吉に万一のことがあったら、自分はどうなってしまうのだろう。悲しみのあまり、死んでしまうかもしれない。

幸安(こうあん)先生の見立て通り、翌日の夜からとめ吉の体に赤い発疹が現れた。それにつれてとめ吉は元気になっているように見えた。熱も下がり、腹がへりました、と訴えるようになったので、卵を流した粥(かゆ)を食べさせたり、甘く煮た梅の実を潰(つぶ)して食べさせたりした。だが、一度楽になったように見えてから、もっとも大変な段になる、と幸安先生に言われていたので、決して油断はしなかった。厠(かわや)に行くのに起き上がる以外は、とにかく横になっているように気をつけた。とめ吉は仕事のことがよほど気になるようで、寝ながらでもできる仕事はありませんか、などと言う。働かずに寝ているばかりでは、里に帰されてしまうと心配しているようだった。そのせいなのか、里からとめ吉の兄が駆けつけて来た時は、やすの手を振りほどいて起きようとする有様だった。

「おいら、おとうとおっかあに約束したんです。立派な料理人になって、金を稼いで、家を建て直してやるって、約束したんです。だから今、里に帰るわけにはいかないんです」

「誰(だれ)がおまえを里に帰すなんて言ったんだ」

政さんが、井戸水で作った生姜飴(しょうがあめ)を錫(すず)の湯呑(ゆの)みに入れて持って来た。

「まだ半人前にもなってねえのに、もう里に帰りてえなんて思ってやがんのかい」

「お、おいらは帰りたくないです。けど病で何日も働けなくって、こんなんじゃおいらがいても飯を食うばかりで、紅屋の役には立たない……」

「病人がぐだぐだ言ってねえで、早く治すことだけ考えな。ほら、上方ふうの冷やし飴だ。生姜を入れといたから、冷たいのを飲んでも体が冷えねえよ」

とめ吉は美味しそうに飴を飲み干した。そうしているところに、階下から番頭さんととめ吉の兄が上がって来た。

「だい兄さん！」

とめ吉は兄の顔を見て嬉しそうな表情を見せたが、すぐに顔を曇らせうなだれた。

「すいません、すいません、だい兄さん。おいら、はしかなんかにかかっちまって」

とめ吉が泣き出したので、とめ吉の兄は困ったように笑った。

「おいおい、なんだい、べそなんかかいて。もうすっかり小僧として立派にやってると、今番頭さんから聞いたばかりなんだが、なんの、まだまだ童のようだなあ」

「へ、へえ。けどおいら、なんではしかなんかかかっちまったんだか」

「はしかは誰でもかかる病だよ。だが侮ると命を落とす。俺も四つか五つの時分にかかったらしいが、熱が下がらずに、一度は覚悟をしたとおっかあが言っていた。今日もおっかあが駆けつけようとしたんだがな、実はおっかあ、おまえには知らせてなかったが、この皐月に腰を痛めてね、畑仕事をやっと始めたばかりなんだ。それで旅はまだ無理だということになって、俺が代わりにおまえの顔を見に来たんだ」

「だい兄さん、畑の方は」

「幸吉も三吉もいるから大丈夫だ。姉さまも嫁ぎ先にお許しをもらって、おっかあの手伝いをしに来てくれてる。ちょうど、小梅の奉公のことで川崎に来る用事もあったんで、俺が品川に寄ろうってことになった。番頭さんの話だと、はしかは長くても十日あれば良くなるそうだから、明日川崎に行って用事を済ませたらまたここに戻って来て、おまえの看病は俺がするよ」

「いえ、お兄さま、とめちゃんの看病でしたらわたしがいたします」

やすは言ったが、とめ吉の兄は、いやいや、と手を振ってから畳に手をついた。

「申し遅れました、わたくし、とめ吉の兄で長男の大吉と申します。このたびはとめ吉がご迷惑をおかけして本当に申し訳ございません。本来でしたら、命定めが済んでから奉公に出すべきだったのですが、とめ吉は九つになるまではしかにかかりませんでしたので、もう大丈夫だろうと思っておりました。それがこんなことになりまして、なんとお詫びしたら良いのやら。本来ですと男のわたしなんかより、女手をよこすべきだったのでしょうが、わたしの嫁は来月が産み月の腹ぼてで、独り身の妹たちははしかをやったことがありません。下の弟たち三人はまだ嫁をもらっておらず、病人の世話などしたこともないので、役立たずでございます。村に医者はおりませんが、昔、薬種問屋に奉公していた者がおりまして、軽い病なら薬草を煎じる程度のことはできますので、医者の代わりをしております。わたしは時々、その者の手伝いをしておりますし、はしかもかかっておりますので、薬のことはわかりませんが、病人の世話くらいでしたらなんとかできますが、とめ吉の床上げまで毎日こちらにお邪魔させていただけましたらと思います。ご迷惑とは存じますが、とめ吉の世話はいたせます。いえ、宿は別に取りますので、お気遣いは無用でございます」

「何をおっしゃってるんですか」

おしげさんが言った。

「宿代だってばかにはなりませんよ。品川は宿賃の相場が他の宿場よりお高いんですから。男衆と一緒でよろしかったら、とめちゃんが寝起きしている部屋がございますから、どうかそこにお泊まりください。この部屋は、このおやすが寝起きする部屋ですし、元々女子衆の部屋ですからね、女臭くて居心地が悪いでしょうし」

「へえ、夜はわたしが隣に寝ますから、とめちゃんのお世話はわたしがいたします」

「しかしそれでは」

「どうかお気になさらず。夜は男衆の部屋でお休みください」

「……そうですか。それではお言葉に甘えさせていただきます。ですが、宿代は払わせてください」

「男衆の部屋に泊まってもらうのに宿代なんかいただけません」

「いやしかし」

「その代わり、食事は賄いですから、あまりものでご勘弁をなすってくださいね」

番頭さんが言った。

「そんなことより、お兄様のお顔を見て、とめ吉もたいそう心強いと思います。きっと回復も早まることでしょう。な、とめ吉。せっかくお兄様がいらしてくだすったんだから、頑張って一日でも早く治そうじゃないか」

「へえ。おいら、頑張って寝ます」

とめ吉は半身を起こしていたが、素早く横になって掻巻を被った。

「はは、頑張って寝る、と言うのがいいね。そうだ、とめ吉。頑張ってたくさん寝るんだよ」

一同は、とめ吉の兄を残して階下に降りた。

「幸安先生のお見立て通りだね。熱も下がって、今はとっても元気そうだ」

おしげさんがため息をついた。

「てことは、このあと熱がぐんと上がって、数日はとめちゃんが苦しむことになるんだねえ」

「とめ吉は大丈夫だ。なんたって体がでかくて丈夫だからな。そんなに心配しなくても、きっと良くなる。それにしても、弟想いの兄さんだなあ。自分が看病するとわざわざやって来るなんて」

「あの子は幸せもんだねぇ。あったかい家族に生まれてさ」

「本当ですよ」

番頭さんも言った。

「どんなにお金のある家に生まれても、親に愛されない子はいるものです。とめ吉は親御さんからもきょうだいからもたっぷりと愛されて育った。だからあの子は、あんなに素直なんでしょう」

話を聞きながら、やすもそう思った。

とめ吉の心根の素直さは、やす自身が持っていない宝だ。やすは自分の心の底にある、ひねくれた黒いものを知っていた。それは普段は心の深い深い底に隠れていて自分でも気づかないのだが、何かうまくいかないことがあったり、自分の考えが間違っていると思った時などに不意に浮かび上がり、心を重く、暗くする。

それはわたしのせいじゃない。

悪いのはわたしじゃない。

決して言葉にはしないけれど、喉元までその言葉があがって来てしまい、胸が苦しくなる。そんなやすの心の底にある黒いものに気づいているのは、多分政さんとおしげさんだけだった。

翌日、大吉さんは朝餉を食べると川崎へと出かけて行った。小梅さんというのはとめ吉のすぐ上の姉さまらしい。その小梅さんが、この秋から川崎のお大師さまの門前に店を構える大店の菓子屋に奉公することに決まったそうだった。大吉さんはそのご挨拶に行かれたのだ。

川崎のお大師さまには一度だけ、何年か前に政さんに連れて行ってもらった。大層な賑わいで、門前の通りは歩くのも大変なほど混み合っていた。その門前通りにはいくつも菓子屋があり、名物の饅頭や飴などを売っていた。どの店も、お大師さまにお参りに来る人々が争うようにして菓子を買っていくので大繁盛していた。ああした繁盛している店で働くのは、活気があって楽しいかもしれないが、さぞかし大変だろうとも思う。

　そう言えば、平蔵(へいぞう)さんが料理屋を構えたのも川崎宿だった。平蔵さんの店は、繁盛しているだろうか。平蔵さんの腕ならば味には間違いがないから、すぐに評判はとれるだろうが、品川と同じくらいに宿も店も多いところだ。競争は激しいだろう。

　夕刻前には大吉さんが戻って来た。土産(みやげ)だと、酒饅頭と切り飴の包みをくださった。酒饅頭には「の」の字が焼き付けられていた。小梅さんが奉公することになった「のの屋」という菓子屋の焼印だそうだ。切り飴にも、赤い「の」の字が組まれていた。

　大吉さんがとめ吉の看病に二階にあがってくださったので、やすは安心して夕餉の支度にとりかかることが出来た。このままとめ吉の熱が下がり、はしかが治ってくれたらいいのに。やすは心からそう願った。


「明日、絵草紙屋に行ってはしか絵を買って来ようね」

　おしげさんが言った。

「あんなもの気休めだとわかっちゃいるけど、眺めていればとめ吉の気も少しは紛れるだろうし」

　はしか絵は、はしかが軽く済むお守りのように、はしかにかかった子供に見せる錦(にしき)絵(え)だ。はしかの神さまが描(か)かれていて、はしかに効く食べ物や、はしかにかかったらしていけないことと、しなくてはいけないことなどが書かれている。

「ま、子供だからね、禁忌はないから十日で済むだろう。大人がはしかにかかっちまったらたいそう厄介なことになる。治ってからも禁忌が山ほどあって、中には百日も禁忌を守らないとならないことまであるんだから」

「大人は滅多にかからないんですよね？」

「いいや、そんなこともないよ。はしかってのは、子供の間でも流行る年、流行らない年があるからね。それもすごく流行るのは数十年に一度くらいだろう？　そんなだから、たまたまかからずに大人になれた者も案外多いんだよ。おうめだってそうだ、あの年までかかっていないだろう？　それが数十年に一度の大流行りにはしかに捕まると、大抵は子供がかかるより重くなっちまって、命を落とすんだよ。それではしかには禁忌が設けられているんだよ。治ったと思っても、しばらくの間は行ったらいけないところ、やっちゃいけないことがいっぱいあるのさ。まあ吉原だのなんだのを禁じられても困りゃしないけどさ、禁忌の中には飯屋や蕎麦屋まであるんだから、かかっちまったら運よく治っても、その後しばらくはまともな暮らしはできやしない。お江戸でもこの品川でもころりが流行り出しちまってるけど、もしこれにはしかが重なったりしたら大変なことになるよ」

「とめちゃんはどこではしかをもらったんでしょうか」

「さあねえ、毎日のようにあちこち遣いに出てるんだから、どこで誰からもらったかなんてわかりゃしないさ。そうそう、ついでに知り合いから、海彦をもらって来よう」

「あまひこ？」

「そういう名前の妖怪みたいなやつさ。天保の頃に越後の海に現れたとかで、なんだかね、蛸の足が足りないみたいな変な化け物さ。その海彦の絵を見ると、疫神が退散するんだそうだ。はしかに効くのかどうかは知らないけど、疱瘡の神には効くって聞いたから、まあはしかにも効くんじゃないかしら。長屋の知り合いにね、そういう変な生き物の絵を集めてる変わり者がいるんだよ。その人に頼んで、海彦の絵をうつして描いてもらって来よう」

「疫神を絵で退散させられるんですね」

「神田の明神様の祭りの時なんかに、そういうのがたくさん売られているんだよ。霊獣の絵を見ると疫病にかからないとか、かかっても軽く済むとかね。やたらと大きくて鼻がばかみたいに長い霊獣とか、赤い目をした人魚とか、とにかく変な形の生き物には、そういう力があるんだそうだ。ま、正直、あたしゃそういうのをあんまり信じちゃいないけどね、とめ吉の為だったらやれることは何だってやってやるよ」

そうだ、やれることは何だってやろう。他にできることはないかしら。

やすはその夜、大吉さんに代わってとめ吉の看病をしつつ、行灯のあかりで文をしたためた。そして翌朝、飛脚にその文をたくした。

それから丸一日ほどは、とめ吉の様子に大きな変わりはなかった。半身を起こして粥をすするくらいに元気を取り戻し、赤い発疹に痒みもないようだった。が、とめ吉が寝付いてから五日目の朝に、やすはとめ吉のうなり声で目を覚ました。一目で異変を認め、やすは大吉さんを起こしに男衆の部屋に駆け込んだ。とめ吉の顔は真っ赤になり、高い熱のせいかうんうんと唸り続けている。とめ吉の額に掌を当てると、その熱さに驚いた。すぐに幸安先生が呼ばれ、熱冷ましが煎じられた。

「やはり、来ましたね」

幸安先生の顔は厳しかった。

「ここからが正念場です。あとはとめ吉の体の強さを信じるしかありません。大丈夫、きっと良くなります。ただ、熱のせいで暴れたりしないか気をつけてやってください。中には暴れて家から飛び出し、怪我をする子供もいるんです」

「俺が見張ります。ぜったいに目を離しません」

大吉さんは、とめ吉の手をしっかりと握っていた。

「とめ、頑張れ。みんなおまえのことを心配してくれているぞ」

やすもその場にずっといたかった。一緒にとめ吉の手を握っていたかった。が、病人のそばに人が大勢いたのでは、病人が休まらない。やすは大吉さんにとめ吉を任せると、幸安先生と共に階下に降りた。

「幸安先生、はしか絵に書かれている辛子湿布を作って貼ってやってもいいでしょうか」

やすが訊くと、幸安先生は渋い顔で首を横に振った。

「はしか絵に書かれていることは全て正しいわけではないと、わたしは考えています。辛子湿布は風邪のような症状が出ている最初のうちには、胸を楽にする効き目があるかもしれませんが、今のとめ吉のような高い熱が出ている時には無駄だと思います。それに赤い発疹に辛子の刺激はよくありません。余計な痒みや痛みが出れば、とめ吉が苦しいだけです。熱冷ましの煎じ方なども書かれていると思いますが、わたしを信用していただけるのでしたら、わたしがお渡しした薬を煎じて飲ませるだけにしてください。はしかに効く薬、はしかを治す薬というのは、わたしの知る限り、この国にはありません」

「それでは、あの……海彦の絵は……」

やすは、おしげさんからもらった海彦の絵を畳んで懐に入れていた。

「これもとめちゃんの体に障りますか？」

幸安先生は、やすの手から受け取った絵を見て、優しく笑った。

「これはかわいいな。何でしょうね、蛸かな？ 蛸にしては足が少ない。顔は猿のようだが。この絵をとめ吉の枕元に置くくらいでしたら、体には障りませんよ。これも疫神退散の呪いですか？」

「昔、越後の海辺に現れた生き物だそうです。この姿を見た者は死んでしまうという怖い生き物だそうですが、この姿を絵に描いて見れば、疫病にかかっても治るのだとか」

「なるほど。わたしが知っているのは、あまびえ、という妖怪ですが」

「あまびえ……」

「疫病が流行った時に肥後の国に現れた妖怪だそうですよ。その妖怪が、自分の姿を絵に描いて広めなさい、と言ったんだとか。その通りにしたら疫病が収まったのだそうです。実際に絵を見たことがありますが、髪の長い河童のような妖怪で、足は魚のように鱗がありました。この蛸のような海彦も、海から現れたんですよね。だとしたらかなり似ている話だな」

「ということは、本当にいるんでしょうか、疫病を収める妖怪が！」

「さあ、どうでしょう」

　幸安先生は、穏やかな顔で言った。

「流行り病というものは、その正体が誰にもわかっていません。姿も形もなく、いつの間にか忍び寄ってあっという間に広がり、大勢の命を奪います。大昔、戦国の世のさらにずっと昔、平安京の時代よりも昔から、人々は疫病を恐れ、何とか疫病にかからぬようにと神仏に祈って暮らして来ました。そうした中で、疫病をつかさどる神、疫神が信じられて来た。疫神の怒りを買わないよう、疫神に退散していただけるよう、人々は祈り続けています。祈りに病を治す力があるのかどうか、わたしにはわかりません。ですが、祈ることで人々は、諦めずに済みます。どれほど大勢の人の命が奪われ、この世に地獄が生まれたとしても、いつか疫病は収まるのだと信じて祈る。祈ることで、心が救われるのだと思います。だとしたら、祈ることには意味がある。海彦もあまびえも、人々が諦めずに生きようとする為に役に立つのだとすれば、それはいいものであると思いますよ。ただ、はしかが流行るたびに、あれははしかに効く、これは効く、と様々なものを売りつける商売も流行ります。妖怪の絵くらいのことでしたら罪はありませんが、効きもしない薬や食べ物を法外な値段で売りつけるような商売は、人々の不安や恐れにつけこむ悪どい所業です。我々医者を名乗る者にとって、そうした悪どい商売は敵なのです」

　やすは、海彦の絵を畳んで懐に戻した。

「その絵はどこかで買ったものですか？」

「あ、いいえ、おしげさんが長屋の知り合いに描いてもらったのだそうです。お礼は、芋の煮ころがしで返したと言ってました」

「ははは、それならいいじゃないですか。おしげさんが真心込めて煮た芋で手に入れた絵ですから、その絵に悪どいところはありませんね。それならとめ吉の枕元に置いてもいいと思いますよ。それにとめ吉はきっと、その絵を面白がるでしょう。熱が下がって絵を眺める余裕が出て来たら、それを見て喜ぶんじゃないかな」

「へえ。枕元に置いてやります」

「おやすさんは、麦殿(むぎどの)の呪(まじな)いは知ってますか？」

「むぎどのの、呪(まじな)い？」

「知らないのでしたらいいでしょう。海彦がいれば充分だと思います」

幸安先生は、また明日様子を見に寄りますと言って帰って行った。

むぎどの、って何かしら。

やすの疑問は、翌々日の夕刻に解けることになった。

とめ吉の高熱はその日も続いていたが、昼を過ぎた頃、大吉さんが台所に降りて来た。紅屋は朝餉が遅いので昼餉を食べず、代わりに食べ応(ごた)えのあるお八(や)つを出すことにしているのだが、大吉さんの為には昼餉を用意してあった。

焼いためざしに白飯と青菜の味噌汁(みそしる)、漬物、それに小芋の煮ころがしを膳(ぜん)に並べると、大吉さんは恐縮しながら箸(はし)をつけた。

「とめのやつ、だいぶ顔色が良くなって来た気がするんです」

「本当ですか！」

「はい。昨日は真っ赤だった顔から変な赤みがなくなって、普通に見えます。まだ眠ったままですが、息も穏やかになって来ました。でこに手を当ててみても、昨日よりは熱が下がっている感じがします」

やすは、腰が抜けたかと思ったほど安堵(あんど)して、思わず大吉さんの横に座りこんでしまった。

「それじゃ……とめちゃんは、治りますね？　もう大丈夫なんですね！」

「いや、油断はできません。幸安先生も、熱が下がりきるまではしっかり看病しなさいとおっしゃってましたし。ですが、あいつは歳より体も大きいし、俺なんかより骨も太い。もともと体が強い子なんで、このまま乗り切ってくれると信じてます。命定めを乗り越えて、ちゃんと大人になれるはずだと」

やすは何度もうなずいた。

「へえ、へえ、もちろんです。とめちゃんはちゃんと大人になれます。ああ良かった。本当に、良かった」

涙をこらえることは出来なかった。

我慢しきれず、そっと二階にあがって部屋の襖を開けた。差し込んだ光の中に、布団に横たわるとめ吉の顔が浮かんだ。

本当だ！　顔の色が普通に戻っている！

とめ吉の表情もぐっと穏やかになっているように見えた。耳をすませて寝息を聞く。すう、すう、と静かで規則正しい。

やすは襖を閉め、廊下でまた泣いた。嬉しくて、ほっとして、神様仏様、妖怪にも化け物にも感謝してひれふしたい気持ちだった。

❖

夕餉の支度が佳境に入った時分になって、荷車が表玄関に到着した、と男衆が知らせに来てくれた。宛先はやすになっていると。

やすは心当たりがなかったので、いったい何事かしらと慌てて玄関先にまわった。

そこには日本橋十草屋の法被を着た人が待っていた。

「品川紅屋料理人、おやすさん、ですか」

「へ、へえ」

「日本橋薬種問屋十草屋手代、信三でございます」

その人は頭を深く下げてから言った。

「当店の若奥様から、おやすさんにお届け物でございます。中に運ばせていただいてようございますか」

「お、お小夜さまから……」

「へえ、おやすさんにお届けするよう言付かって参りました」

人足が引いてきた荷車には、いくつもの箱がくくりつけてあった。

「あ、あの、どういったお荷物でございましょうか」

「生薬でございます。どうかお役立てくださいとのことで。あ、文も預かっております。箱を中にお運びいたしましょう」

「あ、いえ、玄関からはお客さまが出入りなさいますので、う、裏手に勝手口がございます。どうかそちらに……」

「かしこまりました。では裏にお運びいたします」

信三さんが指図すると、人足は瞬く間に箱を荷車からおろし、器用に全部、両肩に担いだ。その数、六箱。

やすの案内で裏庭まで運び、勝手口に積み上げる。

「こちらが文でございます」

信三さんが手渡してくれた文からは、優雅な香が漂っていた。

「それでは手前どもはこれにて失礼いたします」

「あ、いえ、お茶をいれますので、どうか休んでいってくださいませ」

「ありがとうございます。ですが時刻がそろそろ、旅籠の夕餉時でございましょう。お忙しい最中にお邪魔をしたのでは、手前どもが若奥様に叱られます。くれぐれもお邪魔にならないよう、荷を届けたらさっさと戻っておいでなさいと言われておりますので」

再度ひき止める間もなく、信三さんと人足はまるで駆け足でもするような機敏さで玄関に戻り、やすが追いついた頃にはもう、大通りを江戸に向かって帰りかけていた。やすはその背中に何度も頭を下げた。

それにしても、この箱は何かしら。試しに持ってみると、箱は意外と軽かった。そして、薬草の匂(にお)いがした。信三さんは、生薬だと言っていた……

「おや」

声に振り返ると、幸安先生が立っていた。

「その箱は、日本橋十草屋の印が入ってますね」

「あ、先生。あの、とめちゃん、だいぶ顔色が良くなりました。熱も下がって来ているみたいです」

「そうですか！」

幸安先生の顔もぱっと明るくなった。

「それは良かった。やはりとめ吉の体の力は強いですね。回復が早そうだ」

「とめちゃん、治りますね！」

「そう思いますが、まだあと二日ほどは、気をつけて看病が必要でしょう。ところでこれらは、紅屋さんが十草屋から買われたものですか？」

「い、いえ。十草屋のお小夜さまが送ってくださったんです。とめちゃんの為にできることはないかと、三日前、お小夜さまに文を出しました。十草屋さんならば、はしかの看病の仕方もよくご存知ではないだろうかと。そうしたらこれらが今、届いたんです」

「開けてもいいですか」

「へえ」

幸安先生は箱の一つを開けた。中には、麻織の袋が入っていた。袋の口を少し開け、幸安先生は中を見て、匂いを確かめた。

「これは……とても上等な生薬です。熱冷ましになります」

幸安先生は他の箱も次々と開けた。

「これは素晴らしい。これだけあれば、ちょっとした町医者の真似事くらいはできますよ。しかも、わたしなんかが仕入れることのできない上等なものばかりです。さすがは十草屋さんだ、同じ草でも扱っている物の質が違う。野山で適当に摘んだものなどではない、ちゃんと採取する土地まで厳選してあるものばかりです」

「それではたいそう、高価な……」

「ええ、高いですよ、これは。そうだなあ、この六箱で、小判が十枚ではとても足りないでしょう」

「そ、そんなに！」

やすは慌てて、お小夜さまからの文を開いた。

そこには、以前とは見違えるほどの達筆で、けれど確かにお小夜さまの筆で、短い文がしたためられていた。

とめ吉のはしかを心配していること。何かの役に立つならと生薬をおくるから使って欲しいとのこと。そして……


葉っぱ？

大きくて光沢のある、木の葉が一枚。まだ艶々(つやつや)とした緑色をしている。

これは何かしら。くるりと裏返してみると、葉の裏に文字が連ねてあった。墨で書いたのではない、何か尖(とが)ったもので傷をつけて書いてある。

「ああ、多羅葉(たらよう)ですね！」

幸安先生が、やすの手からその葉をつまみ取って、文字が書いてある方を表に向けた。

「麦殿は、生まれたままにはしかして、かせての後は、わが身なりけり」

幸安先生がすらすらと文字を読んだ。

「な、なんでございますか？　その歌は……」

「呪いですよ。麦殿の呪いです。あなたがご存知なかったので、もうこれを使う風習は廃れたのかと思ってましたが」

「む、むぎどのって」

「麦の穂の麦です。諸説あるようですが、普通ははしかの神様のことを指します。なぜ麦がはしかの神なのかはわたしもよく知らないのですが、昔からはしかの神のことを麦殿と呼ぶことがあったようです。はしかにかかると初めのうち、発疹が出た箇所がちくちく痛むことがあるようで、麦の穂に触れるとちくちくすることからの連想じゃないか、なんて説もあるようですが、習わしというのは最初がどうだったのかわからなくなっていることがほとんどですからね。この葉は多羅葉と呼ばれていて、昔から、紙の代わりにされていたものなんです。ほら、この葉っぱの裏側に傷をつけると黒く変色するんですよ。尖ったもので字を書けば、墨で書いたようにくっきりと読めます。ただこの葉っぱ、江戸や品川ではなかなか手に入りません。もともと西の方に多く生える木なんです。あなたの文を読まれてすぐにこの葉を手に入れることができたというのも、大店の若奥様ならではですね。麦殿の呪いが江戸で流行ったのは、だいぶ昔のはしかの大流行りの時だと思いますが、その時は多羅葉の葉が足りなくなり、仕方なく紙をこの葉っぱの形に切り抜いて代わりにした、なんて話も聞いたことがあります」

「この、書かれている歌は」

「なんてことない意味ですよ。はしかの神様は生まれた時からはしかだから、はしかにかかってもどうということもないでしょう。わたしもそうならいいのに。くらいの意味でしょうか。要するに、はしかが軽く済みますように、命を取られませんように、という願いですね。この歌を多羅葉に書きつけて、川に流したり軒に吊したりして願を掛けるわけです」

やすは、多羅葉に書きつけられた文字を見た。流れるような美しい仮名文字だった。お小夜さまは、尖った何か、ご自分の簪だろうか、それでこの歌を書きつけてくださった。とめ吉の為に。そんなお小夜さまの思いやりが、途方もなく嬉しく、ありがたかった。

仕事が終わったら、この葉を境橋のたもとから川に流そう。

お小夜さまのお気持ちは、きっと麦殿に届くはずだ。

「どれ、ではとめ吉を看て参りましょう」

「先生、これらの生薬は、先生がお持ちくださいませ」

「えっ、そんなことはできませんよ。これは若奥様があなたにくださったものじゃありませんか」

「へえ、けれどわたしが持っていても、何の役にも立ちません。先生に役立てていただく方が、お小夜さまの思いやりが広く伝わって、お小夜さまの気持ちに添うと思います。わたしには、この多羅葉一枚で充分でございます。お小夜さまも、きっとそのおつもりでこれらを送ってくださったのだと思います」

「そうですか……わかりました。とめ吉の熱冷ましも、これで作りましょう。そしてわたしからも、若奥様にお礼の文を書いていただきましょう」

やすは、お小夜さまからの文を懐にしまった。そこには、ご自分のお子さまも病がちで気が休まることがない、とも書かれていた。

お小夜さまも、母上さまとして苦労なさっていらっしゃるのだ。ご自分がお腹(なか)を痛めて産んだお子が病がちで、始終床に就いているとしたならば、どれほどの心労だろう。他人の子供のとめ吉がはしかにかかっただけでも、こんなに辛(つら)く苦しいのに。

とめちゃんが元気になったら、子供が好きそうな献立をたくさん考えて、お小夜さまに文に書いて送ろう。子供が喜んで食べて、体が強くなるのに役立つような料理を。

今度は清兵衛さまの為ではなく、お子さまの為に考えよう。

お子さまが笑顔になるように。

お小夜さまも笑顔に、なるように。

九　桔梗さんの旅立ちと料理帖

とめ吉の回復はめざましかった。

熱が下がり始めると、発疹もみるみる消え、顔色は見るたびに明るくなって行った。とめ吉が床についてから八日目の朝、ついにとめ吉は自分から半身を起こし、隣で寝ていたやすを揺り起こして言った。

「おやすちゃん、すいません、おいら、腹がへりました。下に降りて、何か残ってるもんを食べてもいいですか。なんかおいら、腹と背中の皮が表と裏でくっついちまうみたいで」

やすは飛び起きて、とめ吉にまだ床を離れないよう言い含めると、台所に降りた。

熱が下がり始めてから、とめ吉の様子を見つつ重湯を食べさせてはいたが、重湯に少し砂糖を入れた程度のものでは、もうとめ吉の空腹はおさまらないだろう。残っていた冷や飯をさっと洗い、鰹節をかいて出汁をとった。その間に、夏大根の切れ端、青菜、芹人参などを細かく刻む。塩を振って小鍋で蒸し煮にして野菜を柔らかくし、ざっと潰した。

出汁に冷や飯を入れて、飯がほとびてたっぷりと出汁を吸うまで煮てから、潰した野菜を入れた。そこに味噌を溶いて味を整え、最後に卵をとき流した。蓋をして蒸らす。

椀と箸、小鍋、おたまを盆に載せた。湯冷ましも忘れない。

「お待たせ」

やすが襖を開けると、大吉がとめ吉の横に座っていた。

「重湯より少しお腹にたまるものを作ったわ」

やすは、椀に雑炊をよそってやった。

「うわぁ、味噌まんまだ！」

「よかったな、とめ。おまえの好物じゃないか」

「熱いから気をつけてね。噛まないでも食べられるように野菜を潰してあるけど、噛めるようなら噛んだ方がいいわよ」

とめ吉は、ふーふーと吹くのももどかしいのか、あつ、あつ、と言いながら雑炊をかきこんだ。

「ずっと重湯ばかりだったから、お腹がすくのも無理ないわ。でもとめちゃん、お腹がびっくりするといけないから、もう少しゆっくり食べてね」

「へ、へえ。けどおいら、こんな美味しい味噌まんま食べたの、初めてで」

「お腹が空いているとどんなものでも美味しいのよ」

「ちがいます、これはほんとにうまいです！　卵が入ってるなんておいら、こんな贅沢な味噌まんまは食ったことねえ」

「おやすさん、すみません」

大吉は座ったまま頭を下げた。

「小僧のとめ吉なんかの為に、卵を使っていただくなんて」

「卵は滋養がある食べ物です。はしかは治りかけも大事だと聞きました。今はとにかく、胃の腑に負担が軽くて滋養のあるものを少しずつ食べて、体の力を取り戻すことだと思います。ご心配なさらないでください。紅屋は奉公人一人一人、大切にいたします。とめちゃんだけでなく、誰が病に倒れても、卵のひとつやふたつを惜しんだりはいたしません。それが大旦那さまのお心です」

大吉はまた深く頭を下げた。

「とめは、本当に良いところに奉公に来られました。里のおっかあも、今のおやすさんのお言葉を伝えたらきっと、泣いて感謝すると思います」

「とめちゃんは、わたしや政一さんにとっても、家族のようなものです。どうかお気になさらないでください。それにしても良かった。この様子だと、このまま治りそうですね」

「はい。……なんとかとめ吉は、命定めを乗り越えたようです」

二人はしばらくの間、夢中で雑炊を食べているとめ吉を見守った。


「本当にほっとしたよ」

おしげさんは、団扇でぱたぱたと顔をあおぎながら言った。

「うちの長屋でもさ、はしかで子供が死んじまうのを何人も見てるからねえ。まったくなんだって、はしかだの疱瘡だの、子供が死ぬ病ってもんがあるのかねえ。せっかく生まれて来たのに、何年も生きないうちに病で死なれたんじゃ、親はたまったもんじゃないよね」

「とめちゃんにもしものことがあったらと考えただけで、体が震えました。こんなに怖い思いをしたのは生まれて初めてです。あの大地震でさえ、これほど怖いとは思いませんでした。世の中に、疫病ほど怖いものはありませんね」

「あんた、麦殿(むぎどの)は川に流したのかい」

「へえ」

「願いが通じたのかもしれないねえ。あたしゃどっちかと言や、呪(まじな)いみたいなもんはあんまり信じないたちだけどさ、疫病の時に藁(わら)をもすがる思いで呪(まじな)いだの祈禱(きとう)だのに頼る気持ちは、よくわかるよ。何しろ相手は目に見えないもんなんだからね、目の前にいる化け物だったら、いざとなりゃ鋤(すき)だの鍬(くわ)だので戦うこともできるけど、目に見えない、姿も形もわからないもんを相手にしたら、祈る以外に何もできやしない。まったく人なんてもんは無力だよ。まあなんにしても、とめは命定めを乗り越えた。あの子はきっと人の役に立つ大人になるよ」

「へえ、そう思います。その為に、麦殿はとめちゃんの命をとらずにいてくだすったと」

「それにしても、食べっぷりが良かったねえ、あの雑炊。明日になったらもう、雑炊じゃ足りなくなっちまうだろうね。いったん治り始めたら、体の力が強い子は早いよ」

「でも調子に乗って食べ過ぎたら、お腹を壊してしまいます。念の為、明日も雑炊かお粥にしようと思います」

「あはは、お粥じゃあの子、半刻もしないうちに腹が減ったとぼやき出すだろうね。あの子が床あげしたら、美味しいものをたくさん食べさせてやりたいねえ」

「へえ。……もともと、夏の終わりに景気づけに何かしようと思っていたんです」

「何かって？」

「何か楽しい祭りのようなことを。この頃、彦根のお殿さまのご改革だのころりだのと、なんとなく気鬱になるようなことが多いと……」

「まあそうだねえ。……新しいご大老様はたいそう手厳しい方のようだ。品川からも水戸藩や薩摩藩のお侍が姿を消しちまったとみんな言ってる」

「ご後継さまは紀州さまに決まったのでしたね」

「そうみたいだね。だけどそんなことをあらたまって発表したってことは……」

おしげさんは声を低めた。

「……上様のおかげんが、いよいよお悪いってことかもしれないね。まあなんにしたって、一橋様が何か悪いことをしたわけじゃない、ただ次の将軍様が紀州様になるってだけのことで、ひどい扱いをお受けになるのではあんまりだってみんな言ってる。紀州様はまだお若くていらっしゃるから、将軍様になられてから、一橋様派の人々から嫌がらせなんかされないようにってご配慮なんだろうけれど」

「おしげさんは一橋さまがご贔屓（ひいき）なんですね」

「嫌だよ、政（まつりごと）のことはあたしにゃわかりゃしないよ。ただ噂が本当なら、一橋様は大層頭の良い方のようだからさ、お年から考えても先に一橋様が将軍様になられるのが順当だったんじゃないかしら、とちょっと思うだけさ。紀州様はまだ十三だもの、異国の船が現れて港を開くことになったこの時期に将軍様になるのは、幾ら何でも荷が重いと思わないかい？」

　確かに、日の本をおさめる上さまとしては、十三歳はあまりにお若い。

「ま、上様のまわりには優秀な方がたくさんいらっしゃるから心配はいらないんだろうけど。ただねえ、彦根のお殿様のなさりようは、なんだか随分とせっかちと言うか。何事につけても性急にことを運ぼうとすると、無理が出てしくじるもんなんじゃないかねえ。ほら、昔の狂歌にもあるじゃないか。白河（しらかわ）のお殿様のご改革が性急すぎて、田沼（たぬま）様の時代の方が暮らしやすかった、なんてのが。その上にころりも流行（はや）って、どうにも気持ちが塞（ふさ）いじまうのは確かだね。そうだね、とめが元気になったら、お泊まりのお客様も楽しめるような、何かをやりたいね」

「へえ。何ができるか考えてみます」

とめ吉はみるみる回復し、床についてからちょうど十日目の朝、床を畳んだ。前日に大吉は里へと帰って行き、とめ吉は元気な顔を奉公人たちに見せてまわった。赤い発疹は跡形もなく消え、顔色も以前の明るい色に戻っている。もう働いてもいいと幸安先生が太鼓判を押してくだすった。それでも初めのうち、やすはとめ吉が立っているだけで不安になった。また熱を出したらどうしよう。へなへなと崩れてしまったらどうしよう。

けれどやすの心配をよそに、とめ吉は元気いっぱいだった。寝てばかりいたので体がむずむずします、と言いながら、男衆の仕事を手伝って米俵をかつぎ、薪を割り、おうめさんに言いつけられるよりも早く野菜の籠を抱えて井戸に向かう。働くことが楽しくて仕方ない、そんな様子だった。

やすは、はしかの神様・麦殿に、心の中で何度も手を合わせた。

桔梗さんが久しぶりに裏庭に姿を見せたのは、とめ吉が働き始めた翌日のことだった。

「ここの小僧さんがはしかにかかったって聞いたから、近寄らないようにしてたのよ」

桔梗さんが言った。

「あたし、まだはしかやってないんだ。この歳でかかっちまったら大変なことになるって聞いたんでね。小僧さんはもういいの？」

「へえ、すっかり。桔梗さん、銀まくわをどうですか」

やすは、お八つにみんなで食べた真桑瓜の残りを盆に並べて桔梗さんに出した。桔梗さんはいつものように平石に腰掛け、盆から瓜をひとつとって、かぶりついた。瓜の汁が足先に落ちたが、気にするそぶりもない。

「ああ、美味しい。瓜なんか食べるの久しぶり」

「そうですか。紅屋ではお客にもよく出します」

「一個買ったら食べきれないでしょ、ひとり身だとね。西瓜なら境橋のとこで夏中買えるけど、瓜はたまにしか売りに来ないじゃない」

「西瓜の方が売れますからねえ。金まくわなら西瓜よりも甘いですが、お高くなるので買えませんし」

「あたし、相模屋をやめたの」

桔梗さんは、なんでもないことのように言った。ようやく決心がついた」

「前々からいつやめても良かったんだけどね、ようやく決心がついた」

「では、何か商いでも始めるんですか」

「それも考えたんだけど、これと言ってやりたい商いもないし。と言うか、そろそろ品川も飽きたし、どこかよその土地に行ってみようかなって」

「よその土地……お江戸に出られるんですか」

「江戸？　江戸ねえ……江戸はもういいや。江戸にいたことあるって言っても岡場所の女郎だったからね、好き勝手にお江戸見物できたわけじゃないし、いい思い出なんかひとつもありゃしない。花街だけ見たら品川の方がずっと楽しい。海は近いし、いろんな客がいるしね。もっとも、女郎稼業からは足を洗うつもりなんだけど。もうあたしもそんな若くないでしょ、この先女郎を続けても客の質は落ちていくばっかりだしさ。どこぞの大店のご主人にでも身請けされて、遊んで暮らせる身分になりたいなんて思ったこともあったけど、それも退屈そうだしねえ。ま、女のひとつ身で何ができるかって言われたら、何もできやしないけどさ、こういう時だから逆にどうにかなるんじゃないかって気もするのよ。めりけんだのえげれすだのが船で押し寄せて来て、お上もあたふたしてるみたいだし」

桔梗さんは、少し寂しそうな笑顔になった。

「あんたが相手だから正直に言うとさ、あたしね、イロと別れたの。わかる？　男よ、男。男と別れたのよ。ほら、前に話したことあるでしょ。いっしょになりたい人がいるって。……あたしには珍しく惚れちまった男だったんだけど。そいつ、水戸藩の出でね、今はもう浪士だけど、今でも水戸藩とは繋がってるみたい。あんたも知ってるでしょ、彦根の井伊様が大老になってから、水戸藩がどんな目に遭ってるか。そのせいでさ、そいつの機嫌がずっと悪かったんだけど、この頃はただ機嫌が悪いっていうのと違うのよね……」

桔梗さんはため息をひとつついた。

「なんて言うのかなあ……なに考えてんのかちょっとわからないって言うか。そばにいても、ああこの人の心にあたしはいないな、って伝わって来るの。あたしを必要としてないな、ってね。それで決心したのよ。このままこの人と一緒にいても、いつかすごく悲しい別れが来る、そんな気がする。だから、そうなる前に別れようって」

桔梗さんは寂しげに笑った。

「こんなあたしでも、これで品川のことはけっこう気に入ってたのよ。だから出て行きたくなんかないんだけど、でもねぇ、別れた男の近くにいたら気になって仕方ないじゃない？　そういうのって鬱陶（うっとう）しい。だから少し遠くに行くことにしたの」

「どちらに行かれるのか、決められたんですか？」

「うん。いっそのこと、上方にでも行ってみようかなって」

「上方」

「去年まで相模屋にいた飯盛女で、おつたさんって人がいるんだけど、そのおつたさんが常連だった京のちりめん問屋の旦那に身請けされて、妾（めかけ）におさまったのよ。でも日がな黒塀の家で旦那を待ってるだけじゃ退屈だってんで、旦那に店を持たせてもらったんだって。羨ましいご身分よね。その店ってのが小さな料理屋らしいんだけど、おつたさん一人じゃ切り盛り出来ないから、手伝ってくれないか、って文（ふみ）が届いたの。料理の方は料理人を雇ってるけど、お客のあしらいだの、お金のことだの、色々やることはあるんだって。京にはまだ行ったことないけど、言葉も食べ物もこっちとは違うらしいから、ちょっと面白そうでしょ」


京の都。

やすは、素直に桔梗さんが羨ましかった。上方の料理は江戸や品川の料理とは随分違うらしいが、中でも京には、独特の料理があると聞く。そんな京の都で料理屋を手伝うなんて、ひと月だけでもいいから桔梗さんに代わって京の料理屋で働いてみたい。

たとえ料理人としては働けなくても、お運びをさせて貰えるだけでどれほど勉強になるだろう。京風の盛り付けや、見たこともない野菜や魚。

「あたしはおやすさんと違って、料理にはたいして興味もないんだけどさ、今、京はいろいろと騒がしいらしくてね、そういうとこで料理屋をやってるといろんなことを知ることができると思うのよね。もともと相模屋に長くいたのだって、若い客が多くて面白い話が聞けたからだし。ま、井伊様のせいで、これからしばらく江戸は窮屈になりそうだからさ、井伊様が大老職を降りるまでは京で暮らすのもいいかな、って」

「……井伊さまはご大老をやめられるのでしょうか」

「今のまま突っ走ってたら、そのうちやめざるを得なくなるとは思うわよ。だって今のやり方じゃ敵をたくさん作っちゃうもの。次の将軍はまだ子供だから、しばらくは好き勝手できるかもだけど、子供はいつか大人になるからね」

「今の上さまがご存命でいらっしゃる限りは、井伊さまはご大老を続けられますよね」

　桔梗さんは、ちょっと困ったように笑った。

「……打ち首になるのはまっぴらだから、おやすさんにも言えないことはあるのよね。そういうこと、知りたくて知ったわけでもないんだけど。ただ、そうねえ、この秋か、あるいは来春には……」

桔梗さんは、曖昧に首を振った。やすにはそれが何を意味しているのかよくわからなかったけれど、上さまのご容態が巷に伝わっている以上にお悪いのではないか、という気がした。桔梗さんがお別れをした殿方は水戸藩に近い方だと言っていたが、他にもお武家さまにご贔屓にされているのかもしれない。千代田のお城の中の出来事も、そうして少しずつ、人の口を伝って外に漏れてしまうものなのだろう。

「桔梗さん、いつ京に発たれるのですか」

「いつ、って決めてるわけじゃないんだけど、夏が終わるまでには品川を離れるつもり。京の夏はとても暑くて、夏の間には料理屋も客が減るんですって。それが涼しい風が吹き始めると途端に客が増えるらしいのよ。だから秋には京に入って、住むところなんか探さないとね」

「それでは、品川を発たれる前にお願いがあります。うちの若女将ともう一度、会っていただけませんか」

「姉さんとあたしとはもう、生きる道も向かう先も違う。それでいいじゃないの。姉さんはあたしのことなんかもう忘れたらいいのよ」

「忘れられるはずがないじゃありませんか！　若女将は、桔梗さんのことを本当に心配してらっしゃいました」

「だからさ、心配はいらないって。おやすさんから姉さんにそう言ってやってよ」

「桔梗さんの口から、伝えてあげてください。お願いします」

　やすは深く頭を下げた。

「若女将は、とめ吉が暴漢にひどい目に遭わされた頃からずっと、心が休まる時がなかったと思います。見た目もお瘦せになって、痛々しいほどです。そしてそんな若女将の様子に、若旦那も胸を苦しくなさっています。桔梗さんが品川を離れる前に若女将と会って話をしてくだされば、二人とも心を救われると思うんです」

「困ったわねえ。あたし、そういうの苦手なのよ」

「それでも、どうか、どうかお願いします」

　やすは頭を上げなかった。そのまま平石を滑り降りて地面に膝をつき、桔梗さんの足元にひれ伏した。

「ちょっと、やめてちょうだい。頭を上げてよ」

「いいえ、ご承知いただけるまで、頭は上げません」

「やだ、頑固な子ねえ、あんたって」

「へえ、頑固でございます」

　桔梗さんは、根負けしたように笑った。

「まったく嫌になっちゃう。他人様に土下座させるような真似だけはしたくないって思ってるのにさ。わかったわよ、姉さんには会いますよ、もう一度。ここの小僧さんが味噌をぬりたくられちまったのには、あたしにも落ち度がなかったわけじゃないしね、ちゃんと謝ってから品川を出ることにするわ」

「よかった！」

やすはとび起きて、思わず桔梗さんの手を取った。

「ありがとうございます。ありがとうございます」

「その代わり、あたしのお願いもきいてちょうだい」

「へえ、なんでもいたします。なんでもおっしゃってください」

「姉さんと会う時、おやすさんの料理が食べたいの。紅屋が料理屋だったらお金さえ払えば食べられるけど、旅籠じゃねえ、品川に住んでて品川の宿に泊まるわけにもいかないからね。一度離れたら、今度いつ品川に戻って来るかわからないし、この機会にさ、品川の美味しいものをあんたの料理で食べたいのよ」

「承知いたしました。いつがよろしいでしょう」

「姉さんにも都合があるだろうから、姉さんが決めてくれていいわ。どうせあたしは、出発までぶらぶらしてるだけだもん。決まったら相模屋にことづけてちょうだい。月が替わるまでは、夜は相模屋に出てるから。もう客をとったりはしないけどね、お座敷の手伝いに出て、お酌なんかしてんのよ。芸者は高いから呼べない客も多いからね」

桔梗さんは瓜の皮をぽいと柵の向こうの草地に放ると、身軽に平石から立ち上がり、さよならも言わずに帰って行った。いつものことながら、桔梗さんの仕草はさっぱりしていて、じめじめしたところが少しもない。おそらく品川を発つ日が来ても、誰にも挨拶一つせずに飄々と去って行くのだろう。

元気になったとめ吉は、瞬く間に元の力強さを取り戻した。七日も八日も床についていたのが嘘のようだった。

「おいら、もう二度と病にはかかりません」

とめ吉は真面目な顔で言った。

「一の兄さんにまで心配かけちまいました。仕事もたくさん休んでしまいました。はしかになんかかかったら、里に返されても仕方ないところなのに、みんな優しくしてくれました。おいら、申し訳ないです」

「何を言ってんのよ」

おうめさんがとめ吉の背中をどんと叩いた。

「病ってのはそういうもんでしょう。子供がつまらない遠慮なんかするもんじゃないわよ。あたしらだって、いつどんな病に捕まるかわかったもんじゃないんだから、お互いさまだよ」

「けどおいら、もう病はこりごりなんです。寝てばっかいたんで背中に根っこが生えちまったみたいで」

「見たところ、とめちゃんの背中から根っこは生えてないようだけど」

おうめさんは笑った。

「なんにしても命定めを乗り越えたんだ、その命、できるだけ長く大事にして、みんなに恩返しするんだな」

政さんはしみじみと言った。

「とめもいつか親になる日が来るかもしれない。親になってみて、子供の命が親にとってどれほど大事か身に沁みるだろう。上の兄さんがわざわざ来てくれたのだって、きっと、腰を痛めて駆けつけられないおっかさんから頼まれたんだろうよ。とめのおっかさんがどれだけ心配していたか。とめ、ちゃんと里に文を書くんだぞ」

「へえ。けどおいら、まだかな文字しか書けません」

「かなだけでいいわよ。仕事が終わったら下で書きましょう」

とめ吉が寝泊まりしている男衆の部屋では、夜遅く行灯（あんどん）をつけて文を書くのは無理だろう。男衆は力仕事が多いので、床に就いたらすぐに寝てしまう。あかりがついたままでは叱（しか）られる。

「おいら、文を書いたことがないんです」

とめ吉は不安げな表情だった。

「なんて書いたらいいんでしょうか」

「なんでもいいのよ。はしかはもうすっかり治りました、今はとても元気にしています、そのことが伝われば十分よ。とめちゃんのおっかさんは、とめちゃんから文が来たというだけでもすごく嬉（うれ）しいと思うわ」

その夜、仕事のあとでやすは自分の硯（すずり）と墨を部屋から持って来た。番頭さんが紙をくださった。

ははうへさま
とめきちは、はしかもなほり、げんきにいたしてをります
ごしんぱいなさらず、おからだをおたいせつに

「こんなのでいいんでしょうか。そうろう、とか、書かないでも」

「おっかさんに出す文だから、これでいいと思うわ」

「けど、文字が少なくて紙の何も書いてないとこが広すぎます」

「だったら絵を描きましょう」

「絵？」

「ほら、お客さまにお料理をお出しする時に、お品書きに添えてわたしが描いているような」

「あ、魚や豆腐の絵ですね」

「とめちゃん、七輪で魚を焼くのがとても上手になったでしょう。そのことを絵に描いて伝えたらどうかしら。とめちゃんのおっかさんは、とめちゃんが料理人になることを望んでいるのよね？　だったら、料理が一つできるようになったと知ればきっと喜んでくださるわ」

それから、とめ吉は紙の余白に秋刀魚の絵を描き、その下に七輪を描いた。やすが手伝いはしたが、とめ吉には絵心があるようで、七輪で焼かれる秋刀魚はとても美味しそうに見えた。

とめきちは、さかなをやくのもうまくなりました

魚と七輪の絵の横に、とめ吉は西瓜の絵も描いた。文字は添えていなかったが、きっとこの夏、西瓜を食べたことが一番の思い出なのだろうな、とやすは思った。

「墨が乾いたら畳んでね。上におっかさまの名前を書いて、中川村の方に行く人がいたら頼みましょう。とめちゃん、政さんがね、とめちゃんのはしかが治ったお祝いに、とめちゃんの好きなものを食べさせてあげようって言ってるの。何が食べたい？」

「おいら、なんでも食べますよ。嫌いなもんはないです」

「そうね、とめちゃんは好き嫌い言わないものね。でも、特に好きな食べ物はあるでしょう？　もともと、とめちゃんがはしかにかかる前に、紅屋のみんなで美味しいものを食べて、夏じまいを盛大にしようかって話があったの。今年の夏はころりが流行ったりして、なんだかみんな、気持ちが沈むことが多かったから、みんなで楽しくやってすっきりしようか、って。でもとめちゃんがはしかになっちゃって、それどころじゃなくなっちゃったから」

「すんません。おいらのせいで」

「いいのよ、ちゃんと治ったんだし、みんなそれでほっとしたわ。だからとめちゃんが治ったお祝いもしよう、ってことになったの。夏じまいに、美味しいものをたくさん作って、みんなで食べて」

「なんだかすごいですね！」

「晴れた日を選んで、裏庭に料理を並べたらどうかしら。提灯で飾れば日が落ちても大丈夫だし。お祭りの屋台のように、料理を並べてみんな食べてもらうの。とめちゃんの好きなものもたくさん作りましょう。その日はお泊まりのお客さまも一緒に楽しんでいただいて」

「おいら、わくわくして来ました！」

「でしょう？　二人でいろんなことを考えて、試して、おうめさんと政さんにも一緒に考えてもらって、楽しい夏じまいにしましょう」

やすは、その日に桔梗さんと若奥さまを奥の座敷でもてなそう、と決めた。奉公人たちがみんな裏庭で楽しんでいる間に、こっそりと桔梗さんを奥に通し、若奥さまと二人だけの時間を作ってさしあげるのだ。

品川でいちばん美味しいもの。品川の思い出になるような、料理。

まずは政さんと相談して、それから番頭さん、若旦那さまに話さないと。

やすは久しぶりに、体に力がみなぎって来るように思えていた。とめ吉が病に倒れてからずっと、料理のことまで上の空で、悪い想像ばかりしてしまっていた。とめ吉にもしものことがあったらと考えただけで、料理の味もわからなくなった。舌が何かに触れても、無味に思えた。食欲もなくなり、食べ物に対する感覚が鈍くなった。これではいけない、お客さまにお出しする料理に間違いがあったら取り返しがつかなくなる。そう思ったので、肝心なところはおうめさんと政さんに任せるように作業を段取っていた。二人ともそれに気づいていてくれて、ずっとやすを支えてくれていた。

「政さん」

やすは、仕事が一段落したところを見計らって政さんに話しかけた。

「とめちゃんが病に臥せっている間、ご迷惑をおかけしました。わたし、なかなか仕事に身が入らなくて、舌の感覚もおかしくなってしまって」

「まあ無理もねえよ。とめはおやすにとって、弟のようなもんだからな。俺ら料理人の舌は、俺らの体の一部だ。そして体は、心と繋がってる。心が弱れば体も動かなくなるってことは、結構あることだ。舌だって同じだ。だから俺らは、心も体も大事にしないといけないんだ。舌だけ元気でいることなんざ、できねえからな」

「でも、紅屋の商売が続いている間は、たとえ料理人の舌がおかしくなっていても、料理は作らないとなりません」

「そりゃそうだ。そのために紅屋の台所には俺がいておうめがいる。おやすととめ吉に何かあっても、なんとかまわせるようにしてある」

「へえ、でもこの先、どんなことがあるかわかりませんよね。流行り病には誰がかかるかわからない、例えばおうめさん以外みんな病に倒れて、誰もいなくなるなんてことも、あるかも知れません」

「その時は、どこかから料理人を借りてしのぐしかねえだろうな」

「ですがよそから来た料理人に、いきなり、紅屋の味を出すのは難しいと思います」

「……まあそりゃそうだが……急場しのぎなんだから、多少味が変わっても仕方ねえだろう」

「仕方のないことだとは思います。ですが、紅屋の料理、つまり政さんの味を楽しみにして泊まってくださったお客さまは、がっかりされるだろうと思います」

政さんは、ふーん、と言って腕組みをした。

「つまりおまえさんが言いたいのは……俺もおまえもいなくても、紅屋で出している料理の味を出せるようにしときたい、ってことかい？」

「政さんがいないのに政さんの料理をそのまま作って出すことができないのはわかっ

ています。政さんの味の塩梅は、誰でもが真似のできるものではありません。それでも、政さんの料理がうっすらとでも感じられる、そういう料理にすることはできるように思うんです」

「……俺の、料理帖を作れ、ってことかい」

　やすはうなずいた。

「世の中には本当にたくさんの料理帖があります。政さんに借りて、わたしもできるだけ目を通そうとしています。そうした料理帖に載っている料理手順、使う野菜や魚、味噌なのか醤油なのか、酢を入れるのかなどの細々としたことを守って作れば、そこそこ食べられる味には仕上がります。ただ、本当に美味しいと思えるものに仕上げるには、そこに工夫が必要になります。料理帖を元にしていても、作る料理人によって違う味になるのは、そうした工夫の差だと思います」

「それはそうだ。料理帖の通りに作るだけなら、料理人の仕事とは言えねえ。だが俺が料理帖を作るとしたって、今までに書かれた料理帖と同じようなものしか作れねえだろう？　結局のところ、俺だって、先人の考えた料理をまずは習った通り、料理帖にある通りに作ってみて、そこに俺なりの工夫を足して自分の料理を作りあげる。その工夫の部分は、誰でもがわかるように文字や絵で描けるもんばかりじゃねえよ。自分の感じ方でほとんどが決まる」

「へえ、それはよくわかります。政さんのその感じ方を学ぶには、自分も一緒に感じるしかない。わたしもそう思ってこれまで、できるだけ政さんの感じ方を知ろうとして来ました。まだまだ未熟ですが、少しはそれがわかって来たかなと思っています。それが自惚(うぬぼ)れなのだとしたら、もう一度、一からやり直すしかありません」

「いや、自惚れなんかじゃない。おやすはよく頑張ってる。この頃では時々、自分の舌とおやすの舌は同じもんなんじゃねえか、と思うことがあるくらいだ。おやすの味付けのごく繊細な部分が、自分の舌の感じ方にそっくりだと。だが明らかに違うこともある。どちらがいい悪いじゃなく、それがおまえさんという一人の料理人の、技なんだ。俺とおまえとは違う人間で、どんなに感じ方は似て来ても、やっぱり違う舌を持っている。料理帖なんてもんは、一つの目安でしかない。そこに書いてあることをなぞりながらも、どれだけ自分なりの工夫ができるかで、料理人の力量が出る。だから俺が料理帖を作ったって、俺がいない時に誰かがそれを読んで、俺と同じ味の料理を作れるもんじゃない」

「へえ。それでも、目安があるのとないのとでは、大きく違うのではないでしょうか。政さんはこの世に一人きり、誰も政さんが作るのと同じ料理は作れません。けれど、ああこの味は、料理人政一の思いを伝えてくれる味だな、と、食べた人が感じられる程度に近い味は、料理帖があれば出せるのではないかと思うんです。少なくとも、紅屋の料理として恥ずかしいしくじりがないようにはできるのではないか、と。古い魚を使わない、傷んだ野菜を使わないなど、ここで育ったわたしやとめ吉にはごく当たり前のことであっても、他の台所で育った料理人にはそうでないかもしれません。魚や野菜を買い付ける時のほんのちょっとしたこつが書かれているだけでも、そうしたしくじりは防ぐことができます。それに、おうめさんがきんぴらの牛蒡を太く切ってしまった時のように、紅屋の料理、政さんの料理には、世間一般とは違う手順もあると思います。それは政さんが編み出した独自の工夫です。それを書きつけておけば、わたしや政さんが何かの事情で台所に立てなくなった時に代わりの料理人が来ても、牛蒡を細く切ったきんぴらを作れます」

政さんは、腕組みしたまま黙って考えていた。

やすはさらに言った。

「その料理帖は、外に出さずに紅屋の台所門外不出としておけば、政さんの工夫や技を盗まれる心配もないと思います」

それを聞いて政さんは、ははは、と笑った。

「なんだい、おやすは、けっこうけちくさいことを言うんだな」

「へえ、でも……」

「料理帖を作ると決めたら、俺はそれを誰に読まれたってかまやしねえよ。真似したいやつがいれば真似したらいい。細く切ったきんぴらが作りたいなら、作ったらいいのさ。料理なんてもんは、一度客に出したらおおっぴらにしたも同然だ。本当に舌がすぐれた料理人なら、食っただけで作り方なんざ大抵見破れる。俺にしたって、そうやっていろんな優れた料理人の技を盗んでやって来た。いや、盗むってのは言葉が悪いな、舌と目と鼻で味わって、それをしっかり覚えて帰り、あれやこれやと試しながら、同じ味のものを作ろうとして来たんだ。そして同じ味の料理が作れたら、今度はそれにもうひと工夫して、さらに上の料理に仕上げようとして来た。料理ってのはそうやって、どんどん新しくなっていくもんさ。門外不出だなんて出し惜しみする必要はねえよ。ただ俺が料理帖を作ることをためらうのは、それを読んだ料理人が勘違いして、この通りにすればいいと近道を歩こうとするんじゃないかと思うからなんだ。いや、近道を歩くことが悪いとは言わない。近道をしてもちゃんと行きたいところに着けるなら、近道をしてもいい。けどな、牛蒡を細く切ったからって、紅屋のきんぴらには行き着けねえだろう？　おやすにならその違いはわかるはずだ。俺が牛蒡を細く切ったりささがきにしたりしてきんぴらを作るのは、他の料理を主役にして、きんぴらは箸休め、ちょっと舌を新しくする為の小鉢料理と考えているからだ。だからどんな料理の脇（わき）に添えるかが大事になる。その日の献立の主役はどんな料理で、どんな味付け、どんな歯ごたえなのか。きんぴらを小鉢で添えて、その主役は本当に引き立つのか。そこまで考えて牛蒡を切る。そうしたことを全部料理帖に記すのは大変すぎて俺にはできねえよ。そうしたことは、毎日毎日お客に出す夕餉（ゆうげ）を作り続けていく中で、頭に染み込んでいくもんだ」

　やすは政さんの言ったことを頭の中で繰り返し、そして考えた。確かにそうだ。政さんが料理に対してしている工夫は、簡単に文字に書いたり絵にしたりできることではない。巷にたくさんある料理帖のように、使う材料と手順だけ書いても、それでは政さんの「思い」は伝わらないだろう。

　だがそれでも、料理帖を作ることは必要なことだと思うやすの気持ちは、変わらなかった。

　紅屋の台所には、料理人政一の「思い」が大切だ。そして今は、その「思い」には形がなく、政さん本人か自分が頭の中に抱いているに過ぎない。政さんだっていつかは、包丁をおく日が来る。それは人である限りどうしようもないことだった。そして自分にも、いつかその日は来る。

それでも紅屋の台所に政さんの「思い」を残すには、頭の中にあるだけでは駄目なのだ。何らかの形を与え、その形が残るようにしなければ。

とめ吉がはしかになり、生き死にを心配する事態になって、やすは、人の命が永遠に続くものではないことを思い知った。だからこそ、政さんが元気で包丁を握っている今、始めなくてはならない。紅屋の遠い将来に、料理人政一を「残す」作業を。若旦那さまご夫婦にはまだお子がいないが、このままお子ができなかったとしても、そのうちには跡取りのご養子をもらうだろう。そうして紅屋は続いていく。二十年、三十年先、とめ吉が料理人頭になっている頃、形にして残した「思い」は、きっと、紅屋の宝となっているはず。

「料理日記、のようなものならどうでしょうか」

「料理日記？」

「へえ。献立日記でも。その日の日付や天気などと、献立、その作り方、紅屋ならではの工夫などすべて、料理の絵と共に記すんです。そしてその日、なぜその献立にしたのか。魚が安かったからとか、寒いので温まるものにしたとか、そうしたことも書いておく。政さんとわたしとで、一年の間それを書きます。そしてその中から季節ごとに何枚か選んで、料理帖のように綴じるんです。料理帖と言えば、豆腐の料理とか、野菜の料理、魚の料理のように、使う材料ごとに記してあるものが多いですよね。それと、主菜も小鉢もそれぞれ別々に、ひとつの料理として載っています。そうじゃなくて、献立丸ごと、主菜も小鉢もご飯も、水菓子までまとめて記すことで、その日紅屋、いえ料理人政一が、何を思い、なぜその献立を選んだのか、どうしてそういう手順で料理したのか、そうしたことをまとめて記録できると思うんです。それを読めば、政さんの頭の中にあることが少しは伝わる。料理人ならそこから政さんの考え方を汲み取ることができると、わたしは思います」

「なるほど」

　政さんは腕をほどいた。

「献立も手順も、何もかも丸ごと記録、か……」

「場合によっては、そのままそっくり真似してお客に出すこともできます。政さんもわたしもいない時に、おうめさんでもそれを読めば、急場がしのげます。そうした時の為の備えにもなります」

「ま、確かに、俺もおまえさんも二人してころりに罹っちまうことはあるよな」

「そんな物騒なことでなくても、たとえば政さんがまたお江戸の料理屋の手伝いに出ていて、たまたまその時にわたしも何かで台所に立てないことが、起こらないとは限りません。代わりの料理人がすぐに手配できなくても、献立帖さえあれば、一膳飯屋をやっていたおうめさんならひと通りは作れます。そしてその献立日記は、この紅屋の台所の歴史にもなります。とめちゃんが料理人頭になる頃には、政さんもわたしも包丁を握っていないかもしれません。その時にとめちゃんがその献立日記を読んでくれたら、政さんの思いを受け継ぐことができます」

「しかし、毎日記録するとなるとけっこうな手間だぞ」

「へえ、けれどその日のうちに書かなくても、ささっと献立の内容くらい書きつけておけば、暇のある時に清書できます。どのみち料理の絵は、毎日描いているわけですから。それに季節の中でこれは残したい、という献立を選んで書けば、そんなに大層な量にはならないですよ」

「よし」

政さんはうなずいた。

「とにかく、やってみるか。俺もな、自分の料理を一度ちゃんと整理してみたかったんだ。献立日記をつけることで、迷っていることや試したいことがはっきりして、新しい料理を考えるきっかけになるかもしれん」

やすは嬉しかった。料理人政一の「思い」を伝えること、それはやすにとっても、紅屋への恩返しになることだと思った。

十　ほうき星と夏じまい

番頭さんや若旦那さまにもお許しをいただいて、夏じまいの宴(うたげ)は葉月(はづき)の五日と決まった。文月(ふみづき)も終わり、まだ日中は暑さが続いているが、日が落ちれば風も爽(さわ)やかで、夜は薄物をかけて寝ないとお腹が冷えるようになって来ていた。

とめ吉の好物を中心に、さてどんな風にしたらみんなが楽しく食べられるだろうと、やすはあれこれ頭の中に思い浮かべては、捨て紙に書きつけていた。

とめ吉の好物と言えば甘いものだが、甘い味のものはすぐに飽きが来るし、お腹も満足して食欲が失せてしまう。やはり甘いものは夕餉には向かない。好き嫌いのないとめ吉なので、他のものは大抵よく食べる。魚も野菜も、苦手なものはほとんどないらしい。ただ何分にもまだ子供なので、苦味は苦手なようだった。鮎(あゆ)の味を覚えさせるのにはらわたを食べさせた時は、しばらく唇を尖(とが)らせてしかめ面をしていて笑ってしまった。

そんなとめ吉が好きなものと言えば、甘い菓子以外ならばまずは米、だ。白い飯を食べたのは品川に来てからだと言っていた。里ではひえや粟を混ぜた飯か、玄米を食べていたようだ。幸安先生によれば、ひえや粟、麦などの穀物は生薬同様、体に良いらしく、お百姓が長生きなのはそうしたものを混ぜた飯をよく食べるかららしい。が、やはり味では白い飯の方が断然上だ。とめ吉は白い飯さえあればおかずがなくても満足できるようで、飯ばかり食べているので、ちゃんとおかずも食べなさい、とつい言ってしまいたくなる。

そのことから、やすはあることを思いついた。

簡単に用意できて、ご飯が大好きなとめ吉もきっと満足してくれて、その上、みんなでわいわいと楽しめる。しかも、特別な材料を用意しなくていい。いつものように、余った魚や野菜で作れる、賄い飯だ。毎日食べている賄い飯でとびきり楽しい宴にする。それこそ、奉公人の夏じまいにふさわしいとやすは思った。食べつけないご馳走よりも、慣れた味で気楽に楽しむ。夏疲れの出て来る頃でもあるので、不慣れな食べ物では胃の腑を痛めたりする心配もある。

おおよその案がまとまると、やすは政さん、おうめさんにその案を話した。

「それは簡単にできていいわねえ」

おうめさんは喜んだ。

「花見の時は準備するのが本当に大変だったけど、それだったら面倒なことはほとんどない。作るあたしらも楽しめそうですね」

「それに当日は、お泊まりのお客さまにもよろしければどうぞ、と参加していただくので、ちゃんとした夕餉を食べたあとでも一緒に楽しめるのがいいかなと」

「なるほどな。それなら夕餉を召し上がったお客も気軽に参加できる」

「ただ、いつもよりお米がたくさん必要になると思います。きっとみんな、いつもより食べてしまうので」

「わかった、そのことは番頭さんに言っておくよ。ま、奉公人には米くらいは腹一杯食べさせてやりなさい、ってのが大旦那の口癖だったから、少しばかり米を余計に使っても怒られたりはしないだろうさ」

お米の値段がこのところ随分と上がっていることは知っている。そんな時に、お米を余計に使うというのは気がひける。ただそれでも、とめ吉がせっかくはしかから生きて戻ったお祝いなのだから、とめ吉が大好きな白い飯を美味しく食べさせてやりたかった。その分、気をひきしめて節約しよう。無駄は出さない。魚も野菜も、皮やあらまできちんと食べ尽くそう。

ご飯だけたくさん炊いておけば、あとは簡単な料理ばかり。やすは、その日にお客に出す夕餉の膳、そして若奥さまと桔梗さんにお出しする膳の献立を考え始めた。品川でいちばん美味しいもの。それはやはり、魚だろう。目の前に広がる海で獲れる新鮮な魚。品川の海も江戸前の海で、獲れる魚は江戸前の魚と呼ばれている。神奈川から浦賀の方へと続く陸と、上総から下総へと続く陸に囲まれた江戸前の海は、とても豊かだ。けれどそれでは範囲が広い。品川だからこそ、という味覚と言えるだろうか。

品川の海の特徴と言えば、浜が少なくて岩場が多いこと。その岩場で採れるのは

……

「おやすさん、いらっしゃいますか」

勝手口から顔を覗かせた人を見て、やすは驚いた。

「進之介さま！」

薩摩藩士の遠藤進之介。いや、遠藤進之介、というのはどうも仮の名らしいのだが。薩摩藩の江戸屋敷と本国薩摩や、他の色々なところを歩き回って、何か藩の重要な役目を担っているようだが、やすは進之介のことをほとんど知らない。ただ以前から

百足屋(むかでや)さんと懇意にしているとかで、お小夜(さよ)さまとは顔なじみだった。その縁で親しく口をきかせていただいてはいるが、お武家さまであることに変わりはない。

その進之介さまは、旅支度で立っていた。

「……またどこかへ旅に出られるのですか」

「ええ、ちょっと」

進之介さまは中に入ろうとせず、困ったような笑みを浮かべている。やすは察して、自分から外に出た。

「お茶をお持ちします。麦湯とお煎茶(せんちゃ)、どちらがよろしいですか」

「今日もまだ暑いですね。麦湯をいただけますか」

「承知しました。ではあの」

進之介さまはうなずいた。

「石の上に座っております」

やすは盆に麦湯と、その日のお八つに出した水饅頭(みずまんじゅう)を載せて平石に向かった。

「ああ、美味しいな、紅屋の麦湯は。何か美味しく煮出すこつでもあるのですか」

「さあ、どうでしょう。政さんに言われた通りに煮出しているだけなのですが」

「一流の料理人というのは、麦湯ひとつも違うものなのですね。水饅頭ですか。これは嬉しい」

　進之介さまは楊枝(ようじ)で器用に水饅頭を食べた。

「ご無沙汰(ぶさた)してすみませんでした」

「いいえ……薩摩さまも色々と大変だと噂(うわさ)に聞いております」

　進之介は、力なく笑った。

「そう、大変なことになってしまいました。……お聞きおよびとは思いますが、斉彬(なりあきら)様が……」

　やすは頭を下げた。

「ご愁傷様でございます」

「あまりに突然のことで、我々もまだ信じられないのです。あんなにお元気だった方が……。お志(こころざし)半ば、さぞかし口惜しかったことと思います。ですが我々は悲しんでばかりもいられません。次の上様は紀州様に決まり、一橋様を推していた薩摩藩は幕政から排除されてしまいました。かくなる上は一度薩摩に戻り、紀州様とどのように対していけばいいのか、態勢を整えなくてはなりません。私も薩摩に戻ることになりました。次はいつこちらに出て来られるかまったくわかりません。もしかすると、もう二度と江戸屋敷に来ることはないかもしれません」

「それは……お寂しいことです」

「わたしも寂しいですよ。江戸にも品川にも別れを告げなくてはならない。しかしわたしは薩摩の人間ですから、なんとしてでも薩摩を守りたいのです。たとえ……幕府と戦うことになったとしても」

やすは本当に驚いて、盆を落としそうになった。幕府と、戦う？　薩摩藩が？

権現さまが戦のない世を作ってくださって以来、日の本に大きな戦はなかった。これからもずっとそれは変わらないと信じていた。異国の船が攻めて来て戦になるかもしれないという噂はあるが、異国と幕府が戦うのであれば、日の本は一丸となって幕府と共に戦うのではないのか……

進之介さまが慌てたように言った。

「申し訳ない、おやすさん。今の言葉は余計でした。そんなことはありません。心配なさらないでください」

「へ、へえ……」

やすは唾をごくりと呑み込み、気を落ち着けた。

「紀州様はお若いですが、とても聡明でお優しい方だと聞いています」

進之介は言って、立ち上がった。

「御大老も性急にことを進め過ぎていることに気づいてくださるでしょう。そのうちには、すべて落ち着くと思っています」

やすは、ふと違和感をおぼえた。まだ上さまはご存命のはずなのに、進之介さまの口ぶりでは、すでに紀州さまが上さまになられているかのようだ。それほどに上さまのお具合は悪いのだろうか。

それとも、まさか……

やすは進之介の顔を見た。進之介も、やすの表情で何かを察し、口を開きかけたが、それを閉じた。

緊張が伝わった。やすは、自分が今、知ってはいけないことを知ってしまったのだ、と悟った。

「さ、薩摩はとても遠いのですよね。道中、どうかご無事で」

「はい、ありがとうございます。ここに来る前に日本橋にも寄って、お小夜さんに挨拶して来ました」

「お元気でしたか？」

「ええ、あなたに逢いたがっていましたよ。流行り病のせいで、お子様と共にお部屋に引きこもっていらっしゃるようです。十草屋さんはどちらかと言えば一橋様の御用を足すことが多く、一橋家に贔屓にされていらっしゃったので、一橋様がご隠居され、これから大変になるかもしれません。また文など出して差し上げてください」

「へえ」

進之介は深く礼をし、最後は明るい顔で去って行った。

この人にまた会うことができるのだろうか。進之介の背中が角を曲がって大通りの方へと消えるのを見ながら、やすは泣き出したいのをこらえていた。

❖

前日は一日中雨で天気が心配だったが、葉月の五日はよく晴れた。

数日前から品川はどことなくざわつき、浮き足立っていた。

その理由は、ほうき星にあった。

山路一郎から聞いていた妖星が、少し前から小さく見えるようになっていた。災厄をもたらすと恐れられている、ほうき星。が、品川の人々はそれを怖がるというよりも、半ば面白がっていた。一生に一度、目にすることができるかどうかわからないほうき星である。

ここ数日、ほうき星はますますはっきりと空に輝き始めていた。

今頃は天文方の人々はさぞかし大変だろう。山路一郎も、父親と共にほうき星の観測をしているはずだ。

「おやすちゃん、あの星は、悪いことが起きるしるしだと聞きました」

とめ吉は、空を見上げるのが怖いのか、足元を見つめながら言った。

「ほうき星がもっと大きくなったら、おいらたちみんな死んじまうんでしょうか」

やすは、その星を怖いとは思わなかった。山路一郎が教えてくれた。広い世の中、遠い異国には、ほうき星を吉兆だと崇める人々もいるかもしれないのだと。

やすはとめ吉の背中を抱くように腕をまわした。

「ほうき星は、何年、何十年かに一度現れると聞いたわ。大昔から何度も何度も、現れては消えて行った。けれど日の本の人々はみんな死んだりしていないでしょう？大丈夫よ、わたしたちは死んだりしません。さあ、今夜はとめちゃんが大好きなものをたくさん食べましょう。急いで仕事を終わらせて」

お客の夕餉の膳がすべて運ばれた頃に、桔梗さんがやって来た。やすは女中の姿が消えた時を見計らって桔梗さんを奥に案内した。

「なんだかあたし、妙に緊張しちまってるよ」

桔梗さんはかたい表情で言った。

「やっぱりこんな、あらたまった席なんか設けてもらわない方が良かったかねぇ」

「品川でいちばん美味しいものを食べたいのでしょう？　わたし、今夜は腕を振るいますから、お腹いっぱい食べて帰ってください」

「そうだね、姉さんに会いに来たって思わずに、美味しいものを食べに来たって思えばいいか」

「へえ」

奥の座敷に桔梗さんを通し、煎茶と干菓子を出した。あとは若奥さまにお任せしよう。


お客に出す夕餉の献立は、平目の刺身、胡瓜と貝の酢の物、それに夏の名残り、とこぶしの煮物に、そろそろ出回り始めた秋茄子の揚げ出し。しめのご飯は出さず、裏庭で夏じまいの宴がありますが、よろしければそちらでご飯を召し上がりませんか、と誘う。裏庭には出たくないというお客には、鯛そうめんを用意してあった。

若奥さまと桔梗さんには、お客に出した献立を一段良い器に盛って、さらに数品、品川の海の幸を料理して出した。めごちをからりと揚げて山椒塩を振り、烏賊を細く細く切って、煮切った味醂と醤油で味付ける。小鉢も三種類、小芋と蛸を煮たもの、芹人参を入れた玉子焼き、白瓜を梅酢に漬けたものを用意した。

海の幸も、野菜も、品川で手に入る最高のものばかりだ。念入りに吟味して買い付けた、輝くばかりの魚、野菜。

それらを運ぶ間に、夏じまいの宴を始めた。

裏庭に空き樽を並べて上に戸板を渡した。炊きたての白い飯を大きなおひつに移した。

「仕事が終わった人からどんどん食べてください。とめちゃんも食べていいのよ」

「こっちに並んどくれ。その小さな器と箸を持って!」

おしげさんがご飯をつけてくれる。

「あれ、器が小さくないですか?」

とめ吉が少し不満げに言った。いつも使っている飯茶碗より小ぶりな、お客の朝餉に使う飯茶碗だ。

「いいからこっちにおいで!」

おしげさんに言われて、とめ吉は小さな器を持って行く。そこにおしげさんは、半分ほど白飯をつけた。

「あの、おいら、もっと……」

「いいんだよ、それで！　さあおうめさんのとこに行って、出汁をかけてもらいな！」

おうめさんは鍋を置いた前に立っている。渋々前にやって来たとめ吉の器を取ると、そこに鍋からよそったものをかけた。

「うわあっ、いい匂い！　あさり飯だあ！　おいらあさり飯、大好きです！」

出汁で炊いたあさりを汁ごと飯にかける。三つ葉をつまんで上に載せる。

「とめちゃん、お食べなさい」

やすに言われて、とめ吉は箸をつけた。が、ひと口食べると、あとはもうかきこむようにして口に流しこんでしまった。

「うまぁぁい！！！　おいら、こんなうまいあさり飯初めて食べたぁ！」

「そりゃそうだよ。品川のあさりはものがいいのさ。それにいつものあさり飯とちがって、今日のはあさりが大きいだろ」

あさり飯は人気の賄いだが、いつもは仕入値の安い小さなあさりで作っている。お客用のあさりを仕入れる時に、魚竹がおまけで安くしてくれるのだ。

だが今日は、とめ吉の好物のあさり飯を作るために、わざわざ大粒のものを仕入れた。番頭さんがそうしてやりなさいと言ってくださった。

「おうめさん、おかわり」

「だーめ。次のがあるんだから」

「つぎ?」

「とめ、またこっちにおいで。ご飯つけてあげるから」

今度も器に半分ほどの白い飯。それを持って、おはなさんが鍋と待っているところへ行く。

「うわわ、卵飯だ!!!」

今度はとろとろの卵出汁だった。うずらを叩いた肉と長ねぎを煮た出汁にとろみをつけ、溶き卵を流す。とめ吉は、言葉を発するよりも早く食べてしまった。

「とめちゃん、ちゃんと嚙まないとだめよ」

とめ吉はおしげさんのところに駆け戻り、三杯目の白飯を手にあたりをきょろきょろ見回している。やすは笑いながら、とめ吉を政さんのいる方に押し出した。

政さんの前の鍋には、豆腐と白身魚を煮てとろみをつけたものが入っていた。

やがて仕事を終えた奉公人たちも次々に、白飯の入った碗を手にする。

あさり飯、卵飯、豆腐飯の他に、野菜とさつま揚げを細く切って煮付けた野菜飯、焼いてほぐした鯛の身を白飯の上に散らしてから出汁をかける鯛飯。あさり以外はすべて、賄いに使う余りものや残りものを利用したものばかりだが、とめ吉も奉公人たちも、歓声をあげながらおかわりを繰り返す。そうこうしているうちに、夕餉を終えた泊り客も姿を見せた。彼らはあらかたお腹が満たされているのだが、鍋から流れ出る料理の匂いに再び食欲を刺激され、飯碗を手に楽しそうにしている。小ぶりの飯碗に半分ほどのご飯では、ほんの三口もあれば食べ終えてしまうが、いろいろな味を少しずつ楽しめるので好評だった。

「とめちゃん、何杯目？」

「へえ、これで七杯です」

とめ吉はそう言いながら、七杯目をあっという間に平らげた。

「もうそのへんにしておきましょう。あまり食べすぎると、明日の朝胃の腑が重くて辛いわよ」

「でも本当に美味くて、まだ食べたいです。あさりを三杯、豆腐と野菜は一杯ずつ、卵を二杯食べました。でもまだ鯛を食べてないんです」

とめ吉は鯛飯のある方に未練がましい目を向けている。

「鯛飯は、明日の朝餉に出してあげるから」

「ほんとですか？　そんならおいら、今夜はこのくらいにしときます。だけどうまかったなあ」

「気に入ってもらえた？」

「そいつはもう、気に入ったなんてもんじゃありません！　おいら、これから毎日賄いはあさり飯と卵飯でいいです」

やすは笑った。やっぱりとめ吉には、白いご飯にまさるご馳走はないようだ。やすは井戸で冷やしてあった西瓜を切り分け、大きな盆に載せて、奉公人やお客たちの間を歩いて配った。とめ吉にもふた切れ手渡す。とめ吉は両手に一つずつ切った西瓜を持ち、交互にかぶりついて幸せそうな顔をした。とめ吉にとっては、はしかにかかった辛い夏だったけれど、美味しい西瓜の思い出もきっと胸に残ってくれるだろう。夏じまいのご馳走に特別なものを作らなかったことを、やすはほんの少し、みんなに申し訳ない気持ちを抱いている。ちょっとなら贅沢をしてもいいと番頭さんのお許しも得ていたのに、それでもあえて、質素で普段通りのものを用意した。あさりこそ、いつもの安いものに比べると立派なあさりだったけれど、豆腐と煮た白身魚は、お客の夕餉に出した平目のあらをほぐしたもの。野菜は切れ端や皮の部分で、鯛飯の鯛は、昨日の夕餉に煮魚で出した残りのあらと頭を焼いておき、それをほぐしたもの。どの鍋の出汁も、身をほぐした残りの鯛の骨でとって、醤油、味醂、砂糖の割合をそれぞれの材料に合うように変えただけだった。毎日毎日工夫して残りものや余りもので作る、奉公人の賄いそのものだ。卵飯にしても、卵をたくさん使わなくてもいいように、とろみをつけてある。うずらの肉を入れるのも、卵が少なくても味が濃く出るように。そのうずらももちろん、昨日の椀もので残ったものだ。

日々慣れた味で、夏を仕舞う。ご馳走でもなければ珍味でもないけれど、夏の暑さから奉公人たちの体を守ってくれた食べ物に、感謝を込めての夏じまい。

「あ、ほうき星だ」

とめ吉が夜空を見上げていた。そこには確かに、白く輝くほうき星が見えた。

「おいら、もうほうき星、怖くないです」

とめ吉が言った。

「何が起こったって、おいら毎日飯が食えたらそれでいいです。毎日働いて、飯を食って、そうしていたらきっと、おいら、死なないで済みますね」

やすはとめ吉の頭を優しく撫でた。

もちろんよ、とめちゃん。とめちゃんはほうき星のせいで死んだりしませんよ。

とめちゃんはこれからも、働いて食べて寝て、どんどん大きくなって、そして幸せになるの。

命定めを乗り越えたのだもの、きっと大丈夫。

奉公人や泊り客の声が賑やかな裏庭から、やすはそっと台所に戻った。

白いご飯を飯茶碗に軽く盛り、その上に、品川でいちばん美味しいもの、を散らす。

盆に飯茶碗と、出汁、わさびを載せ、奥へ急いだ。

「失礼いたします」

襖の外から声をかけてから、座敷に入った。

若奥さまは微笑(ほほえ)んでいた。桔梗さんも笑っていた。

二人の前に置かれた膳は、どの皿も小鉢も空になっていた。

「お料理はいかがでしたでしょうか」

やすがたずねると、桔梗さんはお腹をぽんと叩いて言った。

「すごく美味しかった。さすが、品川の女料理人として売り出し中の、紅屋おやすさんの料理だわぁ。すっかり食べ過ぎちゃって、帯が苦しいわ」

「でもこれから、桔梗さんが食べたいとおっしゃっていた、品川でいちばん美味しいもの、をお出しするんですよ」

「えっ、まだ出るの？」

「へえ、これでございます」

　やすは膳の上に、飯碗を置いた。

「これは……海苔！」

「へえ。いろいろと考えましたが、品川でいちばん美味しいものは、この海苔だとわたしは思います。この品川の海苔が浅草に運ばれて浅草海苔と呼ばれ、お江戸の名物になっています。白飯に海苔、そこにすったわさびをほんの少し。あとは、鰹節でとった出汁をかけ、お好みで醤油をひと垂らししてください」

「ただの、海苔茶漬け」

「へえ、そうでございます。お茶ではなく出汁をかけてありますが、ただの海苔茶漬けです。ですが、日の本でいちばんの海苔茶漬けでございます」

　桔梗さんは少しの間、海苔茶漬けを見つめていた。が、不意に箸と碗を手にして、さらさらと食べ始めた。

　その様子を微笑んで見ていた若奥さまも、やがて箸をとった。

　しばらくは言葉もなく、ただ、茶漬けが二人の口に入る小さな音だけが響いていた。

「ごちそうさま」

桔梗さんが、空になった飯碗を置いた。

「確かに、品川に来てから食べたものの中で、この海苔茶漬けがいちばん美味しかった」

「ありがとう、おやす」

若奥さまも、箸を置いて言った。

「本当に、ありがとう」

「姉さんと話せてよかったわ」

桔梗さんが言った。

「そしてこんなに美味しいものが食べられて、本当によかった。これで品川があたしにとって、懐かしい場所に思えるようになった。この先どんなに遠くに行っても、品川のことを思い出せば元気になれる、そんな気がする」

「帰りたくなったらいつでも帰っておいでなさい。この紅屋は、あなたの帰る家ですよ」

若奥さまの言葉に、やすもうなずいた。

「お待ちしております。いつでも戻っていらしてください。また美味しいものをたくさん作ります」

「本当に、いいの？　ここに戻って来て」

「もちろんですよ。あなたが帰って来るのを楽しみに待っていますから」

桔梗さんは立ち上がり、中庭に面した障子を開けた。

「裏庭の方が賑やかね」

「へえ、今夜は夏じまいの宴なんです。と言っても奉公人の楽しみですから、余りものをご飯にのせて食べているだけですが」

中庭から裏庭は見えないけれど、人々の笑い声は聞こえて来る。

「ここからもほうき星が見えるのね」

「凶星だと騒がれていましたが、もうすっかりみんな慣れてしまったようです」

「黒船に比べたらほうき星なんて、どうってことないものね」

桔梗さんは笑って空を見上げた。

「夏じまい、か。とんでもない夏が、やっと終わる」

桔梗さんは振り向いて、不思議な表情になった。

「だけど、これから先はもっと、とんでもない毎日が始まるのよ」

「桔梗さん……？」

「あたし、京で見つけて来るわ。おやすさんが料理に対してするみたいに、自分のすべてを投げ打ってでも夢中になれる何かを。これから先の世の中は、そうした夢中になれる何かを持っていないと、生き抜いていけない、そう感じるの」

桔梗さんの言葉が、なぜかやすの胸を貫いた。

それは、真の言葉だ、とやすは思った。

そして桔梗さんはきっと、その何かを見つけるだろう。その何かが桔梗さんのこれからの一生を決めてしまうのだろう。

それがこのひとの、宿命なのだ。

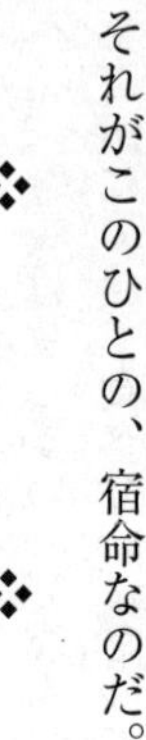

十三代将軍徳川家定(とくがわいえさだ)公のご逝去が公になったのは、それから間もなくのことだった。

ご逝去されたのは七月六日。島津斉彬公のご逝去よりも前のことだった。

【作者註】　ドナティ彗星は１８５８年６月２日に発見され、10月10日頃地球に最接近しました。日本での観測記録は安政５年８月半ば（旧暦）からのものが残っています。作品中では夏じまいの数日前から人々が目にしていますが、史実とは異なっていることをお含みおきください。

この作品は、月刊「ランティエ」二〇二三年一月号～二〇二三年七月号までの『あんの明日～悲しみと喜びと～』としての掲載分に加筆・修正したものです。

し 4-10

あんとほうき星(ぼし) お勝手(かって)のあん

著者 柴田(しばた)よしき

2023年6月18日第一刷発行

発行者 角川春樹

発行所 株式会社 角川春樹事務所

〒102-0074 東京都千代田区九段南2-1-30 イタリア文化会館

電話 03(3263)5247[編集] 03(3263)5881[営業]

印刷・製本 中央精版印刷株式会社

フォーマット・デザイン&シンボルマーク 芦澤泰偉

ISBN978-4-7584-4570-2 C0193

http://www.kadokawaharuki.co.jp/[営業]

fanmail@kadokawaharuki.co.jp[編集] ご意見・ご感想をお寄せください。